動物狂想曲

賴小禾◎作者

【推薦序】／李偉文

假如動物會說話

小時候每個人都會跟動物說話，只是不知道從幾歲開始，人們才失去那個天賦，除了養寵物的大人，似乎還保留與動物說話的些許能力。

其實動物是會說話的，牠們以人類無法理解的方式溝通、傳遞訊息，當然，自古以來，也有無數大人想盡辦法想和動物說話，找回小時候失去的能力，似乎有人成功了，包括中國古代的徐長文，或者戴上戒指的所羅門王。

這本《動物狂想曲》，就是作者戴上了這個戒指，幫我們傾聽到底動物在說些什麼？牠們想對人類說些什

麼？這些動物說的故事當中，有的引人沉思，有的令人開心，有的使人感動，但是都同樣很精采。

自己說故事或聽別人說他們自己的故事，是人類文明演化中很重要的關鍵，從蹲坐在樹上互相整理對方毛髮抓跳蚤、互相交談開始，然後爬下樹坐在營火邊聊天，到每個父母親在床邊為孩子說故事，故事從來都是人們整理經驗，獲得意義與尋求溝通的重要方式。因此，推動兒童哲學教育，經常在說故事的楊茂秀教授不斷提醒大家：「能夠把自己的故事好好說給人家聽，或好好傾聽別人說他的故事，是對人最基本，最重要的尊重。」

或許，作者的專業工作是特殊教育的老師，所以總覺得他特別會傾聽，內心非常柔軟。傾聽是不容易的，

因為要對別人，包括這本書裡出現的許多動物，能夠感同身受用對方的角度思考，要敏感捕捉到字裡行間所隱藏的訊息，而且更困難的是，除了被動的想像之外，還要能發展並且控制本身的主動想像，才不至於一廂情願的誤解或過分干預。

最近這些年，教育界開始著重「生命教育」，我覺得像《動物狂想曲》這一類的書就是最適合的題材，因為生命教育最重要的前提是要能使學生「感動」，生命教育絕不是知識上的教導或死板板的道德教訓。當然，《動物狂想曲》這本書更難得的是，在述說精采與感人的故事，都還是奠基於正確的科學與生態知識上，有興趣的家長或老師，也可以從這些生態系統，也就是這些動物與人類，在這共存的環境之中，彼此保持怎麼樣的

關係與互動來引導孩子思考，其實現今人類面對的環境問題，主要就是來自於人無法傾聽大自然，甚至人與人之間也無法彼此尊重。

我相信，大一點的孩子在看這些精采的故事後，會「啊！」一聲的感慨，這個驚歎，就是我們重新認識這個世界的時候，也就是對舊經驗的重新詮釋，對已經熟悉的事件有了不一樣的體會和不同的理解。

楊茂秀教授認為這就是一種哲學，也是一種智慧，而且當學習成長過程一點故事都沒有的話，那學習一定是很緩慢，很蒼白。或許故事是屬於別人的，但是如果感動了我們，它就會跟我們的生命編織在一起。

這本《動物狂想曲》，或許可以與孩子們的成長經驗有共鳴的機會。

【自序】／賴小禾

沒有規矩：
在生活中觀察與思考

這一系列的動物故事，前後在《幼獅少年》月刊上刊登一年多。雖然從許多的觀察與真實資料出發，但整體來說，顯然是比較接近幻想的、文學的，而離寫實的、調查的要遙遠些。

在與月刊編輯們的討論過程中，我們的想法是，即使沒有那麼多生物學知識，沒有那麼了解動物習性，也不妨在生活中，刺激讀者們培養多方觀察與思考的習慣。希望青少年讀者們從這些故事開始，想想生活周遭

各種常見的動物有哪些？牠們的處境是如何？換做是自己的話，喜不喜歡這樣的生活方式，還有為什麼？這些都是有趣的問題。也許，我們更希望的是，如果有了這樣觀察與思考的習慣，能在多數孩子們很容易被大人固定、或自己形成習慣的生活軌道中，提供「脫軌」的機會，在「沒有規矩」的想像世界裡，發現原來有這麼多不一樣的可能；從這些可能又「可能」延伸出無法限量的豐富意義。

　　我一向覺得，青少年朋友擁有（或是說尚未失去），神奇的天賦觀察力與想像力；也總願意相信，這種不受時空限制的能力，能在標準嚴格、趣味很少的成人世界裡，為這些未來成人世界的成員們，累積一些破壞「規矩」的能力，很難說未來的現狀，不會因此能令

人更快樂與滿意，不是嗎。

　　另外一點，我也相信，觀察與想像從現實出發，最終也帶人們回到現實。可以這麼說，這一系列動物的故事，讓我們不得不面對人們周圍動物們的現實，竟然多是可憐的、或是可笑的。這又是另一番思考的起點，為什麼會是這樣？集各種優勢於一身的人類，輕易地主宰世界，但人類真的努力保護動物嗎？所作所為真的表現出人類希望所在的環境中，資源豐富而永續嗎？「多元觀點」究竟是說說的口號而已、或是真的「有在」努力靠近的目標？輕鬆的故事卻可能暗示著沉重的現實，而接下來呢？你能夠寫下一篇來自你生活周遭的動物故事嗎……

　　最後要提的是，我對生物專業是個百分百的外行，

所以修改和寫作這些故事的過程，難免猶豫不前，最後
能夠順利地完成，要感謝幼獅公司前總編輯孫小英小
姐、《幼獅少年》前主編吳金蘭小姐、編輯劉詩媛、洪
敏齡不斷的鼓勵打氣；還有許多許多未曾謀面、辛勤踏
實的調查工作者，例如〈追尋一隻雲豹〉故事的靈感，
就是來自一篇真實的保育研究報告——〈大武山自然保
留區和周邊地區雲豹及其他中大型哺乳動物之現況與保
育研究（二）〉（民國92年），裴家騏、姜博仁兩位教
授及其他無數的研究人員，在冷峻艱難的台灣高山森林
裡穿梭的模糊身影，卻真確讓像我這樣不事勞動的安逸
旁觀者，由衷地感動與感謝。

動物狂想曲

目 錄

【幻想篇】大編劇家／冠毅

故事還沒有結束……

故事開始
追尋一隻雲豹

日光漸漸稀薄，黑夜即將來臨。

我自一場深沉的睡眠中醒來，感到體內有一股隱隱的衝動。

「當你長大了，有一天，你會需要一頭母雲豹——一隻和你不同性別的同類。本能使你們互相吸引，進而相愛，並繁殖下一代。傳宗接代是所有生物繼續存在的唯一辦法。」小時候，母親曾這樣告訴我。

我知道，時候到了。我該努力尋覓，在這廣闊茂密的森林中，找到屬於我的伴侶。

　　我們小組受政府委託，調查雲豹在台灣山區的生存現況，這已經是第二個年度了。光是近半年來，我們上山11次，共計92天，克服一切天候、交通、人力、物力的困難，使用所有可能的方法——一切的努力，無非是為了找到能證明雲豹仍然存在的任何線索。

　　這種在所有資料上，已超過20年沒人再見到有存活紀錄的台灣特有種動物，也是保育史上，每個人都想解開的謎題！

　　我原本即善於利用黑夜行動。我在樹幹與樹幹、樹枝與樹枝之間，迅速的穿梭，瞬間就可以飛躍寬廣的距離，比風還快速！

　　我的族類一向以如此敏捷的迅速行動自豪，就像閃電一樣，可以在極短的時間內，出現於相距遙遠的他地。

　　我現在要尋找另外一隻雲豹，利用短暫的繁殖季節，傳宗接代。

　　自小的訓練使我移動時，都會小心遠離或遮掩，不至於洩露行蹤。

　　雖然我的族類一向慣於單獨在自己的地盤行動，但為了找到伴侶，我已準備長途跋涉，甚至離開自小習慣的這片闊葉林，也在所不惜。

但讓我想想，上一次看到同類，是多久以前的事了？

一整年？兩、三年？或是，更久？

我們的追蹤設備之一，就是近300個、固定於低處樹皮上的「毛髮氣味站」。利用動物在樹幹摩擦，留下氣味、宣示地盤的習性，以魔鬼氈取得牠們的毛髮，並帶回辨識，就能知道曾有哪些動物在此出現。

但山區天候惡劣、險象環生，屢屢有工作人員受傷或病倒。截至目前為止，我們尚未採集到任何類似雲豹的毛髮……

我向來不擔心食物，因為我善於突襲——自樹上猛

地俯衝、撲向目標，咬住牠們的頸部，直到獵物死亡為
止；連許多體型比我大的動物，都不是我的對手！

　　我族或許不是森林的王者，但亦屬所有弱小族群聞
之喪膽的狠角色——一旦豹子出擊，沒有不滿載而歸的
道理！

　　「你可以什麼都不怕，只要小心兩隻腳的動物，尤
其當他們拿起長柄的工具對準你轟出巨響，山林都為之
撼動。」父母曾這樣告誡我。

　　但我從未看到那恐怖「兩隻腳動物」的蹤跡——
喔，聽父母說，他們叫作「人類」。即使是在這趟翻山
越嶺的跋涉中，我亦從未遇見他們。

　　更重要的是，自出發以來，我也從未在樹幹上、洞
穴裡，或地面吃剩的獵物上，嗅到另一隻同類留下的氣

　　味。

　　這使我困惑：是別的雲豹也同我一樣謹慎？或
是⋯⋯

　　我心中不禁感到一股隱隱的不安。

　　我們在山區，甚至是所有可能的地點，也裝設了
200多個紅外線自動照相設備。無論是白天或夜間，都
會自動拍攝所有為誘餌，或不為誘餌而經過的動物。

　　儘管已拍攝到許多令保育界驚喜的珍稀動物照片，
但仍然沒捕捉到雲豹的身影，連類似的都沒有！

　　每名小組成員都在努力，沒人輕易放棄，也沒人
敢把「絕望」兩個字說出口。大家仍然在等待奇蹟出
現⋯⋯

　　幾個禮拜之內，我翻越無數山林，踩遍所有我知道的世界邊緣。

　　我已不能確定，是否自我離開母親、獨立之後，根本沒見過別的雲豹？

　　我從未像此刻一樣，希望我的記憶是假的，是完全錯誤的！

　　我見過別的同類嗎？曾經撫育我的母親呢？生下我的父親呢？

　　總有另一隻雲豹吧？

　　會有嗎？

　　就算沒人承認，但所有的線索與數據就是事實——對於雲豹是否仍然存在，目前都指向否定的答案。

　　即使我們花費所有人力，走盡一切可能到達的地方，觀察所有類似大型掠食動物的洞穴、食餘、爪痕、排遺等，希望可以藉此彌補拍攝裝備與毛髮採集硬體的不足；即使我們一再確認，許多區域的獵物多樣性與充足程度，足夠供應不只一隻雲豹的生存所需，但，我們始終失望！

　　尋覓的過程對我來講，並不須花費太多力氣，但隱然浮現的結果，卻令我喪氣與茫然！

　　再怎麼不願意面對，我也不得不黯然接受，我可能就是最後一隻活在世上的雲豹──至少在我能力所及的範圍之內，及我智慧所理解的這個世界當中。

　　如果真是這樣，不知為何，我突然不再擔心什麼

了。就算人類此刻端著「會發出巨響的長柄工具」，出現在我面前。

我想我不會轉身逃跑，也不會縱身攻擊他。因為我的命運，恐怕早在最後一個同類消失時，就已經決定好了吧？

我的尋覓，自一開始，就是徒勞無功。

茫然間，我在樹蔭臥下。原本只是想休息，卻再也無法起身。

我在瞬間發現，所有的力氣已經用盡。

就睡去吧！沒醒來也沒關係……

就在調查工作接近尾聲時，我們有了意外發現！

巡訪隊員回報，大武山的某海拔高度，一處隱蔽林

區的樹蔭下，發現了一具動物殘骸。經初步辨識形貌，有點接近雲豹。工作人員接到通報，正攜帶必要的配備，前往會合，以進行更精確的鑑識與處理。

工作隊成員既高興卻遺憾。高興的是，我們兩年來的辛苦調查工作，可能有了具體成果；遺憾的是，我們終究沒有機會證明，至今是否仍有雲豹存活。

＊　　＊　　＊

今年的調查報告已經完成，內容如下：

目前唯一尋獲的雲豹殘骸，經鑑識人員估計，死亡日期已超過三個月。

在進行地毯式搜索時，我們發現，除了狩獵行為造成雲豹減少，另外，在雲豹個別活動區域間，可能因為

人為的道路修築或天然的高海拔山脈阻隔，使雲豹無法跨越自己的棲地，進行繁殖活動。

建議政府相關部門，應設法將這些被切割得太零碎的雲豹棲地擴大，使之相互連接。這樣一來，或許還能挽救雲豹免於滅絕。

這樣做或許來得及。至少，我們整個小組都希望來得及……

給小抹香鯨
的限時信

小抹香鯨先生：

　　你，好嗎？還——活著嗎？我沒有辦法自己再回海邊，從電視或網路也找不到你的消息，更沒有其他辦法能夠確認你現在的狀況。所以，我想來想去，只能姑且一試，寫信給你。

　　我很害怕，本來是為我爸和我自己害怕；但現在，既然我爸也沒有什麼進一步的動作，我還比較為你害怕。

　　我沒想到那天會遇到你。本來我在家裡看那篇關於雲豹的調查報告，正入迷時，已經很久沒有心情帶我出門的爸爸，突然教我把書放下，問

我要不要去玩。

　　他帶著我，直接把車子開到海邊。不是玩水——我爸是計畫帶我去跳海的。

　　我正在想，糟了，接下來該怎麼辦，然後我就看到你。

　　那時你在沙灘擱淺了。我走向你。當和你眼神交會的那一秒鐘，我覺得，你一定不想死，但不知道是什麼力量讓你游到岸上。不管那是什麼，那股力量一定糾纏著你、擺脫不掉、讓你很不舒服吧？

　　消防隊員、穿著制服的人（我不認識他們是哪個單位的），還有一些到海邊玩的遊客包圍著你，全力搶救。整個沙灘因此鬧哄哄的，使我們無法按照原定計畫，走進海水、淹死自己。

　　「被搶先一步，啐！」我爸有些氣憤的說：「看吧！連鯨魚都不想活了，我們還是死一死比較好。」他席地而坐，將半瓶酒咕嚕咕嚕灌到口中；然後，臉上維持著這幾個月以來的一號表情──發呆，兩眼直直望著遠方，動也不動。

　　過了一會兒，爸爸說他沒有力氣去別的地方，乾脆就坐在這裡等人潮散去，再執行跳海計畫。

正因如此，我才能夠幸運的觀看大家搶救你的經過。

他們將溼毛巾覆蓋在你身上，再用大量海水澆淋，來回忙個不停，嘴裡喊著「保溼」、「保定」（我不太懂這是什麼意思）。鯨豚協會的專家也測量了你的呼吸和心跳，評估你到底還有沒有救。後來我聽到他們說，等到漲潮時要把你推回海裡，但似乎得等半個多小時。

我回頭看看一臉絕望的爸爸，他遙望遠方，沒理睬我。我有點難過，但大家忙著拯救你的情景像有魔力般，吸引著我的雙腳，一步又一步踏向前。不知不覺間，我已來到你的身旁，和大夥兒一起推送你回海裡。

我第一次這麼靠近鯨魚，你跟我想像的、還有在書上看到的，都有點不太一樣……不知道你有沒有看到

我？

　　半小時後，等我回去找爸爸時，在酒精發作和海風的吹拂下，他已經睡著了。我只好遠眺海平面，希望被送回海裡的你一切平安。

　　結果還不到一小時，你又擱淺了。這次你的身上，多了一些傷痕。鯨豚協會出動更多人，還請來獸醫幫你打營養針。

　　這次，他們使用一個很巨大、類似吊床或擔架那樣的東西，把你裝在裡面，然後駕駛動力橡皮艇，說要到很遠很遠的外海，再把你放走。

　　這一次，我什麼忙都幫不上，只能站在旁邊看著那些大人們出力。

等我走回爸爸身邊，他還沒醒，但沙灘上的人還是很多。不知過了多久，當陣陣冷風吹來，寒意讓我不禁哆嗦身子，我忍不住推了推爸爸，他才慢慢清醒。

「走啦！走啦！怎麼連想死也死不成！」他用力吐了一口口水，連罵了幾句髒話，拉著我往岸上走。

我真的很擔心你。離開的時候，我一直回頭看——不知道你會不會再回來？你那麼想到人類的世界嗎？就像我爸爸那麼想到你們的世界？難道，你和我爸爸一樣，都十分厭惡自己生存的環境？

我們家本來好好的，小時候，爸媽讓我養好多小動物：兔子、天竺鼠、蜥蜴……，還帶我去灌蟋蟀、抓雞母蟲，那是獨角仙的幼蟲，雖然他們一定都忘記了。三個月前爸爸因為受傷而被老闆開除，從那之後，他連臨

時的工作都找不到。媽媽一直跟他吵架，什麼事都吵；接著，我媽就離家出走了。

　　從此，爸爸開始一句話都不說，喝酒後卻不停的講一些往事。其實，他已經連續第三天對我說，要帶我一起走，反正他已經完蛋了。

　　老實說，我很害怕，我不想死，但我只是一個小孩，我怕我沒有能力改變這一切……

　　你呢？你為什麼擱淺？你真的想死嗎？還是有什麼你沒辦法對抗的力量……

你要勇敢，你可不要害怕。讓我告訴你，我發現對付這種感覺最好的方式，就是不停止地看書、幻想、還有編故事。社區圖書館和學校裡面，有各式各樣我最愛的、和動物有關的書，我都快把每一本翻爛了；不看書的時候，我就在紙上或腦海裡整理我知道的各種動物知識；有時幻想我是這種或那種，在街上、在郊外、在書上、在電視裡、在任何地方我所遇見的某一種動物；我甚至假裝和他們說話，還編了一篇又一篇的故事。

不信你可以看看我寫的報導和故事。告訴你，做這些事，還滿好滿忙的。你不要笑喔！我相

信，我可能是在這個地球上，第一個有超能力可以看穿動物的心事、還能和動物溝通的人類。你自己也是動物嘛！就算你不能看書，但是要和其他動物溝通一定不是難事。不然你就多和別的動物說說話，聽一聽他們的說法，一定會比現在一直在自己的世界鑽牛角尖、又鑽不出來要好得多。你一定要聽我的話試試看。

拜託你回信給我，讓我知道你活著，而且活得好好的。我還有好多好多事情想問你。

　　　　　　　　　　　　　　每天擔心得不得了的冠毅

特派員／冠殼

新移民的自述
一隻豬的畢業旅行
家貓的心事
想笑的魚
小水鴨的選擇
與你同游
小龍的旅遊筆記

報 導 人 物 簡 介

新移民的自述

陸 小 龜

學　名：Geochelone elegans
中文名：印度星龜、斯里蘭卡星龜
簡　介：外形美麗，龜殼呈獨特的星形放射紋。因此，深受陸龜愛好者的歡迎。在印度，
　　　　印度星龜的數量愈來愈少，棲息地被破壞及人類捕捉是最大原因。印度星龜多在
　　　　晨昏時活動，分布於廣大的印度及巴基斯坦，分布地形由荒漠、草原到落葉林都
　　　　有，環境差異會造成印度星龜的不同生態。

一隻豬的畢業旅行

學　名：Sus scrofa domestica，是野豬的亞種。

種　類：家豬品種很多，全世界超過400個豬種。毛色有很多種，如白色、全黑色、白帶豬、花豬、棕色或紅色等。

簡　介：人類在西南亞地區的農耕遺跡中，發掘出大量家豬的骨骼（B.C.6,000），證明遠在8,000年前人類就開始養豬！在台灣，豬是重要家畜，20世紀中期以前，飼養方式多為個別、小規模，以加熱過的廚餘或番薯葉餵養，現今則以企業化大型經營為主，飼料多改成專用飼料。

家貓的心事

學　名：Felis silvestris catus，是野貓中的亞種。

種　類：約在200多種，分類標準各國均不同。基本上可依據貓毛髮長度分為長毛貓、短毛貓和無毛貓。

簡　介：人類自古就有養貓的紀錄，並在5,000年前便已完全將貓馴化，古埃及人為防止穀物被老鼠及其他齧齒目動物偷吃，會養貓作為捉鼠工具。現在，貓成為家庭中極為廣泛的寵物，飼養率僅次於狗，其平均壽命為12年。

想笑的魚

學　名：無。

簡　介：是指飼養作為觀賞用的魚種，不管是海水魚或淡水魚，只要具觀賞用途，即為觀賞魚，一般飼養於水族箱。「想笑的魚」應為不同物種雜交所產生的新物種，所以牠們本身無法繁殖後代。在台灣，有種由紅魔麗體魚（Cichlasoma citrinellum）和紅頭麗體魚（Cichlasoma synspilum）人工配種而成的魚，名為血鸚鵡，又叫作紅財神、財神魚、鸚鵡魚，體形近似球形或卵圓形，背圓、尾鰭發達，全身幾為血紅色，長著可愛的三角嘴，總似笑不合口，因此深受魚迷們喜愛。

學　名：Anas Crecca，是一種冬候鳥。

特　徵：嘴、腳為黑色，雄鳥頭部至頸部為褐色，眼周圍為綠色，尾部為黑色，兩側有三角形黃斑。雌鳥全身為淡褐色。性喜群棲，善泳，亦善飛行。

簡　介：全長約39公分、體重約350公克，是常見的雁鴨類中體型最小的，每年9月自北方成群結隊來台過冬，聚在各地的溪口、湖泊、海邊、河川及魚塭等地點。白天在水域上或岸邊休息，夜裡到附近的田園及溼地覓食。

學　名：Stenella longirostris

別　名：長吻飛旋海豚（舊稱）、長吻海豚、飛旋海豚、長喙海豚、旋滾海豚。

特　徵：體修長，吻細長，上下顎齒每側45～62枚。背鰭位於中背，高而直立的背鰭，三角形，或頂端稍向後，偶有向前。尾鰭中央凹刻深且在尾椎末有微稜突起於尾鰭平面上。三層體色，背深色，肚淺白；額隆傾斜，唇黑色，吻前端為黑，眼至胸鰭有黑帶紋。

簡　介：飛旋海豚喜歡躍出水面，可高達3～4英呎，以身體縱軸為軸，像是芭蕾旋舞，旋轉至少3次，多達7次，故俗稱「飛旋海豚」（spinner dolphin）。一大群隊伍游泳時，海面上會出現一大片泡沫。在東太平洋熱帶海域，經常會與熱帶斑海豚、黃鰭鮪魚以及海鳥聚集在一起。

屬　名：Lambeosaurus

中文名：賴氏龍，又名蘭伯龍，意為「賴博的蜥蜴」，是鴨嘴龍科恐龍的一屬，生存於白堊紀晚期，約7,600萬年前到7,500萬年前。

特　徵：以頭上的冠狀物聞名，頭冠往前傾，頭冠裡的垂直鼻管位在頭冠前部，頭冠後方有一個尖尖的骨質尖刺，體積在鴨嘴龍科中屬最大。

簡　介：如同其他鴨嘴龍科，賴氏龍是種大型的草食性動物，可四肢著地，也能用兩腿走路。脖子又長又柔韌，能在一個寬闊的空間裡採集食物，不需頻繁的移動身體。

新移民的自述

　　是、是，我是陸小龜。你好、你好！什麼？你要來採訪我喔？哎呀，不好意思啦！我只是一隻很平凡的烏龜，你確定要找我嗎？可是，我們收容中心裡，光是烏龜就有好幾十隻，你不找比較會說話的嗎？我來台灣都快四、五年了，國語還是說不好，真丟臉……

　　你說，我們也算是台灣新移民，現在大家都很關心這個問題，所以想找我跟大家講一講自己的故事？哎呀！我哪會說什麼故事？又沒有讀過書……什麼？不是那個意思？那是什麼意思？

　　我從哪裡來啊？我從斯里蘭卡來的。你看，

那片玻璃前面不是有寫「印度星龜」嗎……對啊、對啊，那就是指我。我朋友阿花是從馬來西亞來的，喔！還有，他是吉魯，從東非來的。

斯里蘭卡是很遠啊，我還轉了一次飛機呢！不過，都不用自己花錢買票就是了，因為我們是「偷渡」進來的，吉魯還坐了兩個多月的貨輪呢！他常常開玩笑說，久到都快忘記自己是陸龜，甚至心想，乾脆一口氣跳進海裡，當海龜算了……不過，我們覺得他講的笑話一點也不好笑！

有時候想一想，自己其實算很幸運，雖然不是自願來的，但是你看，一樣是烏龜，有些可能活了八百年，還沒機會認識一、兩公里以外的鄰居；而我在這裡，卻擁有來自馬來西亞，甚至是非洲的朋友。

　　不只這樣，你看，我們隔壁還有美洲來的蜥蜴，樓上也有大洋洲來的鸚鵡……大家有空時，就互相聊一聊家鄉的好玩、新鮮事情，每天講也講不完！你說，我們收容中心像不像一個種族大熔爐呢？對了，不是有人說，這就叫「地球村」嗎？

　　為什麼要來台灣啊？這你可問倒我了，應該去問那個抓我的人才對吧？聽說，我們這種……可愛動物，在這裡很多人想飼養，可以賣到很高的價錢──而且啊，身上紋路愈特別就愈貴……講到這我就有氣！不是很多人想養我們嗎？但為什麼沒人問過我們願不願意被飼養？烏龜同伴們好像還沒餓到要去拜託人類來養吧？

　　即使可以賣到很高的價錢，但那對我們又有什麼好處？你沒聽說過哪隻烏龜需要用錢吧？再講到我們身上

的紋路，那就更冤枉了！花紋天生就長在我們身上，要說有用，也是用來逃避天敵、不被輕易發現，怎麼現在反而變成我們大量被抓起來的原因？這我實在是想不通咧！

如果真的要說，大家來這裡以前，都有一些辛酸往事啦！舉例來說，你們台灣人好像很喜歡在家裡，鋪什麼磁磚或大理石當地板ㄏㄡ丶？你知道嗎？那種東西爬起來冰冰涼涼的，超～難受！而且，不論爬到哪裡，兩隻眼睛看到的東西都是一樣……到後來，我懶得爬了，但主人可能以為我生病，怕死在家裡會很臭，竟然隨便找個池塘，就把我給扔了！

那個阿花更可憐，從很高樓層的窗戶掉下來……其實她哪知道住的地方有這～麼高？因為她的馬來西亞老

家就在森林裡的溼地啊！但她的主人老是覺得寵物應該

到陽台去曬太陽，曬得她頭昏眼花後，一不小心，就掉

下來了。還好、還好，小命還在，沒有被摔死。吉魯更

爆笑，他是被放生的──在河裡！ㄟ，他是陸龜耶～害

他差點活活被淹死！

　　聽收容中心的人說，賣烏龜的店家一時沒有淡水龜

可以賣，竟然隨便就把滯銷的吉魯和同伴賣給要放生的

人⋯⋯這真是太欺負「龜」了！我們國語不好，不知道

要怎麼罵人；但如果真用非洲話或馬來文，你們又一句

都聽不懂⋯⋯麻煩透了！國語

真的超～難學，那個什

麼二聲、三聲啦，搞得

我舌頭和腦筋都一起打

結了，認國字更難，我提都不想提！

你問我習不習慣這裡的生活喔？唉，當然是和家鄉差很多啦！天氣、噪音等問題要適應也就算了，但台灣人真奇怪，什麼事都喜歡比來比去，竟然連我們也拿來互相炫耀……真搞不懂你們在想些什麼！

有沒有什麼印象深刻的事情？我想想看……啊，我被丟掉後，曾經流浪過一段日子。某天我在路上，遇到幾隻這裡的「地頭蛇」烏龜，他們攔住我，問我從哪裡來的？是不是要搶地盤？還從我的頭頂打量到尾巴，小聲的互相詢問我身上花紋怎麼怪怪的……

我嚇壞了！趕緊解釋我是無辜的，從遙遠的外國被綁架到這裡；還苦苦哀求他們，自己現在連活

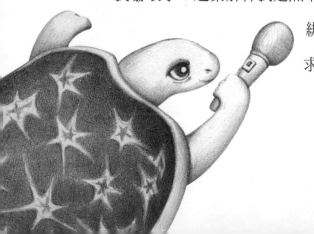

下去都是問題，只希望有個地方待著，怎麼可能來搶什麼地盤？他們皺著眉頭、考慮半天，才決定放過我。我還來不及謝謝他們，那老大又加了一句，說他看這種花紋不順眼，限我兩個星期之內把它改回來……ㄟ，這可是天生的呢！我有什麼辦法？刺青嗎？真是的……

ㄏㄚˊ？我有什麼願望啊？嗯……我是不敢想有一天可以再回斯里蘭卡，去找爸爸、媽媽和女朋友啦，但有時候還是會想念他們──尤其當這裡的食物吃不慣、天氣又太冷的時候。

真要說願望啊……大概就是希望人類少動我們的腦筋、靠我們來賺錢吧！畢竟烏龜那麼弱小，爬得又慢，當人類有意捕捉時，我們連一點反抗能力都沒有！我們既不想當寵物，也不愛被拿來炫耀，更不願意坐船或飛

機，離鄉背井……換個角度想，當你被抓到國外、從此見不到至親好友，一定也會有同樣悲傷的感受吧！

但命運好像不是操縱在我們自己手上喔，是不是？對了，或許你能藉由這篇報導，把我們的想法和無奈傳達給人類知道，這樣一來，各種動物就不會再因為人類的一時喜歡或迷戀，而被「綁架」到異鄉當「孤兒」了，你說是嗎？

還有，記者先生，辛苦你了！謝謝你願意聽我說話！

一隻豬的畢業旅行

　　有好一會兒了，我感覺「穿制服的人」正跟著我，他們似乎盯上我了！

　　我該如何告訴他們，我不是一隻要逃亡的豬？這個世界好像就是這樣，都沒有人聽我說話……人類不都說豬笨嗎？可是你們也沒高明到哪裡去──想也知道，要逃亡怎麼會一直沿著高速公路走？

　　我不知道自己還能走多遠，但就是想證明──靠自己的腳，證明從書上看到的某件事情！

　　「人因夢想而偉大」，這是書上說的嘛！就

算主詞換成「豬」，也應該成立啊！雖然我的朋友們都說不可能，但那只代表到目前為止，還沒有豬成功的用這個方法完成旅行過……但你怎麼知道，我不會是那「天下第一豬」呢？

話說至此你應該能了解，當學校宣布今年輪到我們這一屆辦畢業旅行，而且重點是大家會搭著貨車一路北上時，我的心裡有多麼、多麼興奮！

身為一隻毛豬，生命中最終、最偉大的目標不外是成為某道餐桌上的美食；但在完成這個別人設定的目標之前，我，一隻毛豬，也有自己想做的事情啊！那就是──往前走，不斷的往前走！因為，我想驗證書本裡的知識是否屬實。

無論畢業旅行是往北或往東都無妨，反正我只要不

改變方向的往前進即可。

　　儘管破爛的貨車裡真是擠到不行；儘管那些沒出過遠門的同學們吵到不行；儘管在高速行駛與小小的顛簸中，我有那麼一點點頭暈想吐，但這些都無法冷卻我因為有遠大目標而熱切的心情——只要一直、一直往北走下去！

　　然而有句話是這麼說的——「好事多磨」。首先，我們的貨車發生了連環追撞，「碰！」「碰！」第一聲是我們的車子撞上前面那輛遊覽車，第二聲則是後面的休旅車撞上了我們！在劇烈推擠中，大家像皮球一樣在車上彈起來又摔下去，然後在不絕於耳的尖叫和恐慌推擠裡，我感覺貨車歪向一邊，就這樣轟然倒在高速公路上。

　　車上的柵欄大概就是這時被撞開的，也許出於本能吧，大家開始一窩蜂的往車外擠。

　　混入我們這群驚慌失措的毛豬，原本已是一團混亂的高速公路更加失控。有人破口大罵，有人吹哨子，有人隨手拿起車上的球棒想要驅趕我們，有人按喇叭，還有人拿著手機拍起我們來……

　　是有那麼一下子，我站在混亂的車道上，不清楚自己該怎麼辦，但我很快就想起來──得往北走！雖然半途遇到意外，但我要繼續完成夢想，即使現在只能靠自己的四條腿！

　　還好，我在學校算是一個用功的學生，沒忘記「北」這個字的樣子，所以很快就認出北上路標，在現場一片混亂中，乘隙從護欄缺口鑽進去，在矮樹叢間一

邊閃躲、一邊前進。其間，我不斷抬頭看看前方是否有「北」的標誌，以確保自己走對方向。

雖然不快，但我盡全力往前走，從太陽在頭頂正上方到它落在我左邊的天空，直至慢慢不見……就這樣，我獨自歷經天黑，然後天亮，天黑……不知不覺間，這已經變成我一個人的畢業旅行了！

雖然有點孤單，不過無妨，本來在畢業之前，每個人總想完成一件有意義或值得紀念的事，不是嗎？

「沿著護欄走，藉樹叢遮掩」的策略雖然大致來講是對的，但有時仍得「偏離正軌」，尋找食物填飽肚子。

有一次，我就藉著因下大雨而天色昏暗的深夜，走進休息區，幸好當時沒被人類發現。我躡手躡腳走到靠

近戶外用餐區的垃圾桶，意外發現許多沒吃完的食物，有些甚至還沒開封呢！看來，課本上所說「人類浪費成性」這點，是千真萬確！

在雨幕掩護下，我恣意補充足夠的熱量。但那被我推倒以求覓食方便的垃圾桶，因無支撐點，沒辦法再把它推起來，內心對自己製造環境髒亂的行為很羞愧——要知道，我們毛豬可是愛乾淨、不浪費、有環保概念的，才不像自私的人類呢！

還有一次，我又趁著天黑，想到休息站補充糧食，卻遍尋不著……唉～當時的我真蠢，不明白休息站並非各處都有；但你能怪一隻長年住在活動範圍受限的豬圈裡的豬「沒出過門又沒常識」嗎？而且對我而言，更大的麻煩是——無論如何，我都得再過一次馬路，才能回

到高速公路！

　　也許就是這時敗露了行蹤吧？因為我聽到有人大叫：「看哪，豬在走路！」

　　這很奇怪嗎？我邊狂奔邊無奈的想著，你們不是常說「沒吃過豬肉，總看過豬走路」的嗎？為什麼對一隻行走中的毛豬如此大驚小怪？

　　還有一次，我在夜晚高速公路的路肩，遇到車子故障、在路邊等拖吊車的一家人。

　　我其實只想偷喝點水，卻不小心碰倒他們放在一旁的保特瓶，發出太大聲響，引起他們注意。

　　那個弟弟大叫：「是豬耶！」

　　「今天是什麼日子？我們的車子在高速公路上拋錨，全家困在這裡……現在竟然還碰到一隻迷路的

豬！」一旁的媽媽不可置信。

　　好奇的姊姊也發出驚呼：「你們看，牠好可憐喔！瘦瘦髒髒的，又沒有主人。我們可以帶牠回家嗎？」

　　「養在妳房間喔？」弟弟發出怪叫，姊姊不甘示弱，推了他一下，兩個人幾乎要扭打起來。

　　我搖搖頭，趕緊走開——人類真奇怪，總認為「收養動物」就是愛護牠們。試問：被關在欄子或房屋裡失去自由，還有誰開心得起來？況且我有屬於自己很重要且尚未完成的旅程！在母子三人投來不解又憐憫的視線，及一旁男主人忙著打電話通報警察的同時，我趕緊再度踏上一個人的旅程。

　　雖然不知道自己還能走多久，但我只想繼續！現在一定很靠近目標了，我想。

　　「加油，你一定可以做到！」我一次次為自己打氣。

　　但就在這個時候，我發現自己被盯梢了！

　　先是一輛靠近我、慢慢減速的警車，然後是兩輛、三輛……他們還調來了小貨車！

　　沒有時間了，但我還不想停下來！該如何讓他們明白，這是一趟對我很重要的畢業旅行呢？

　　但終究，我還是無奈的在他們指揮下，乖乖上了車。

　　「這是前天335路段連環追撞車禍中逃脫的豬隻嗎？」我聽到一名警察說。

　　他的同伴點點頭，「真不簡單，牠走了快30公里的路呢！應該有兩、三天吧！」

　　我該怎麼對他們說，我真的只想靠自己證明：從地球上任何一個地點出發，只要不斷往同個方向走，總有一天，會再回到原來出發的地方──這是我從書上看到的！

　　真可惜，我想我再差一點點，就可以達成這個願望，靠自己證明地球是圓的……

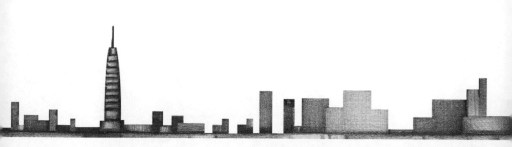

家貓的心事

　　我本來以為，遇到像婆婆這樣一個好主人，就此結束流浪生涯，並安心住下來，是一件頂幸運的事。但有些事情卻困擾著我……

　　被收養的經過是這樣的。那次，我只是偶然經過這裡，發現廚房的餐桌上，有些挺適合我的食物。在歷經好幾天的飢餓後，我完全不顧可能被人類驅趕的危險，悄悄從廚房未關好的窗戶鑽進去。

　　那次享用大餐後，我發現非但沒有被追打，反而從此在廚房窗戶附近、我很容易發現的地方，固定都會有一小碟食物。更貼心的是，還會

根據我的喜好，每天調整種類和口味；甚至在寒冷的夜晚，電暖爐前也會用柔軟的毛巾，為我鋪好舒服的床。

後來我才明白，這間房子只住著一位孤零零的老婆婆，她總是默默為我打理一切；更重要的是，不會強迫我去洗頭、洗澡！能有這樣的主人，很少在外流浪、三餐不繼的野貓們會不心動的吧？

所以囉，住進婆婆的家自然是順理成章啦！只是我慢慢才知道，要做一隻「稱職的家貓」，可也不是躺著就能當啊！

像婆婆年紀大了，耳朵不太靈光，有時候電話、門鈴響或郵差送掛號信，吵了老半天她都沒聽到。打擾我的午睡還算事小，每次都要我費勁兒的推她或繞著她打轉，婆婆才會注意到發生什麼事——我常擔心，她會不

會因此耽誤了那些重要事件？

　　不只這樣，婆婆還有點老胡塗。例如最近有一次，她在客廳椅子上頻頻點頭夢周公，完全忘記廚房瓦斯爐上正烹著一鍋肉湯。我出去找朋友返家後，不但湯燒乾了，連鍋柄都已經融化，整個鐵鍋幾乎燒起來！在最後一秒鐘，婆婆才被我叫醒——我簡直都快急死了！萬一發生火災、釀成慘劇，那可怎麼得了！

　　發生這件事之後，有一陣子我連門都不太敢出去，因為讓婆婆單獨在家真是太危險了！而且她年紀大，動作不靈活，到現在連一塌胡塗的廚房現場，都還不知道要怎麼動手清理呢！但是，我也不可能整天守著她啊！你說，哪隻貓沒有出去社交、玩耍或探險一下的需要呢？有時，我好不容易抽個空，出去遛達幾圈，見一

下女朋友，回家後婆婆還擔心的念個不停：「唉呀，你一整個下午是到哪裡去啦？弄得頭上都是蜘蛛網。快過來，我幫你擦一擦！瞧你，像個小孩子似的，也不會把自己清理乾淨……小心出去交了什麼壞朋友，現在壞人很多呢！」

這是什麼跟什麼啊？婆婆擔心我，我還比較擔心她哩！簡直把我當成她的孩子似的——其實，她真的有孩子；只不過，他們一家住在離這兒很遠很遠的城裡，久久才回來看婆婆一次。

別看婆婆胡裡胡塗的，她對自己的兒子、孫子可是瞭若指掌，能夠一整個晚上對我訴說他們的點點滴滴。她當然還是操心的成分居多啦！嘮嘮叨叨的，講到我睡著又醒來，醒來又睡著，她都還在講！老天，她怎麼不

累、不用睡覺呢？

「你聽我說啊，大宇的工作很累，上班時間又長。早上八點前就出門，晚上回到家常常都十點多了。看他頭愈來愈禿，我真擔心他的身體會受不了！大毛、二毛的功課都很重，每天放學後也沒得休息，趕著上一堆安親班、才藝班，補這補那的跑來跑去，連晚飯也無法好好吃……這樣怎麼長得高？還有，小毛在家老是看電視、玩電腦，才小一就近視，唉～這樣下去怎麼得了，你說是不是啊？」你很聰明，完全答對！大宇是她兒子，大毛、二毛、小毛則是三個寶貝孫子。

「大宇他們也擔心我一個人在這裡，老是吵著要我去城裡住……我不是沒有想過啦！之前也有去他們那兒住過兩、三天，但自己老是不習慣。城裡的房子雖舒

適，我卻沒事可做！媳婦不讓我掃地、洗衣服——全
給吸塵器、洗衣機包了，連碗盤也都丟到洗碗機裡。白
天只有我在家，出去一個人也不認識；想開電視打發時
間，但什麼冷氣、音響、DVD等遙控器一字排開，天
哪，真讓我不知道該使用哪個才對！孫子們是有教過我
好幾次，但我總記不得……」聽著她愈來愈低的聲音，
我愛睏的不斷打呵欠，但仍得裝作認真聽。

　　「最丟臉的一次，是家裡好像有警報器聲音『滴、
滴、滴』一直響，而且愈來愈快！我找了老半天都找不
到在哪裡，急得滿頭大汗，怕會發生什麼意外，只好打
電話給兒子。大宇的祕書說他在開會，讓我等了老半
天；之後他聯絡媳婦回家看看，才發現原來只是鬧鐘忘
了關……你說，我是不是很沒用？」婆婆的懊惱我能夠

體會，她思念家人，又怕造成他們的負擔！

上個星期日，大宇一家人終於又回來看婆婆，我心想：可憐的耳朵總算可以好好休息一下吧！誰知道，臨走前他們竟然對我說：「你一定要好好代替我們陪伴婆婆喔！以前我還可以打電話和她聊天，但她現在年紀大了，愈來愈重聽，又不願戴助聽器，所以也不大能和她講電話囉！我看，現在你是她唯一的朋友，她的心事全都對你講……你可不要跑掉喔！這樣婆婆會很傷心的。」

說完，他兒子好像覺得已完成託付，竟然就這樣拍拍屁股走人，真不知道讓人該難過還是生氣！說好聽是討好我；但說難聽一點，根本是在威脅我嘛！可惡！到底她的家人是你們，還是我啊？再說，你們覺得我真的

可以做這麼多事嗎？不但得傾聽一個孤單老人的心事，還要時時注意她的生活起居……

　　大家來評評理！以上這麼多工作，並不屬於一隻貓吧？我原本擁有自由自在的生活，為什麼要來蹚這渾水？婆婆的生活有沒有問題、過得開不開心，跟一隻貓又有什麼關係呢？

　　總之，人類的煩惱對我這小小的家貓而言，似乎太沉重了，不是嗎？

想笑的魚

　　真希望趕快見到他！

　　每個星期四天，下午四點鐘，就在這裡。

　　只要占住這個位子就對了——在水族箱的最旁邊，盡量靠在最前面，一邊來回游著，一邊努力往對面便利商店那個街角張望，通常就可以在他放學回家的路上，只要腳步一彎過來時就看到他。

　　今天是蹦蹦跳跳的，還是拖著腳步走過來？今天高興嗎？學校裡有沒有什麼新鮮好笑的事？手上是否拿著令我驚奇的東西？

果然，他走過來了，興高采烈的展示，「看，100分喔！」

我費力的吐出一口泡泡，使勁兒來回游著、興奮的擺動尾巴，希望讓他知道我和他一樣高興！

人家都說我們這款品種的魚賣相好，有一張看起來好像隨時在笑的臉，偏偏只有我沒有。其他時候是無所謂啦，可是就在此刻，我多希望自己也有張大大的笑臉可以回應他。

店裡的同伴們都笑我很呆——他是一個人類啊！他活得那麼久、世界這麼大，肯定一下子就會對我失去興

趣；而我，只是一條魚，一條雜交失敗的觀賞魚⋯⋯

　　我不知道父母是哪種魚，店裡的人類大哥說，為了保持新品種魚的新鮮感和市場價格，避免被其他繁殖觀賞魚的店家一窩蜂模仿，所以把爸媽湊在一起生出我的人，會將父母的身分保密。當然，那都是為了人類賺錢的需要，有一天，當我們這個品種的魚不再受歡迎、價格變得很低時，這樁祕密也就不再重要了！

偏偏我又是個失敗品。聽說如果繁殖成功的話，我應該是全身火紅、眼眶帶金色，身體渾圓、尾巴既長又飄逸；但我卻不紅不白，擁有恐怖的黑眼圈，頭大身體小，尾巴也短得像掃把一樣……老實說，我還失敗得滿徹底的！

在我們這種父母被硬湊對而生出來的魚當中，除了成功又漂亮的極品大受歡迎之外，還有些次級品算是能夠補救的。例如，外型OK但顏色不夠鮮豔的，他們會注射人工色素到這些小魚體內，或用特別的增色飼料來餵食；但是使用這些

「旁門左道」後，要有把握能盡快將魚賣掉，否則時間一久，還是會因為顏色褪掉而露出馬腳！若體型不夠漂亮、無法吸引人，在魚兒還小的時候，可能會被硬剪掉尾鰭來提高賣相……

　　但是依照我的等級，連這樣被「整理」或「修理」的資格都沒有！唉～真是可悲呀～

　　根據我們這家店的招牌——那個刻薄魚大哥的說法，把我擺在店裡，其實是因為老闆想看看，有沒有客人剛好對畸形的變種魚有興趣罷了！「反正只有你這麼一條，活完就算了！何況也無法生出和你同樣低等的魚來搶水中氧氣。所以你愛待就待著吧！」魚大哥不屑的對我說。

　　這⋯⋯讓我更傷心了！他的意思是，像我這款由不同品種的雙親魚，交配過後所生下的孩子，完全沒有生殖能力；即使遇到吸引我的異性，最多也只能互相欣賞，不可能和他或她共組家庭，更無法生下後代，所以他才說我「活完就算了」。

　　講得更難聽點，我是一條所有條件都很差的觀賞魚。這並非我可以選擇的，但也只能承受這些命運中的不公平。我想，這也是為什麼好幾個月前，當那個小男孩在玻璃窗外向我打招呼時，我會感到如此意外吧！

　　「好可愛的魚！大大的頭、小小的身體，而且還嘟著嘴，好像在生氣喔！」還記得他是這麼形容我的——你聽，他是說「可愛」耶！那瞬間，我快樂得幾乎要在水裡暈倒了！

讓我的同伴們跌破眼鏡的是，從此以後，小男孩幾乎天天都來看我，除了星期三下午搭補習班的車子沒經過店門口之外。當然，這也是他告訴我的。

我開始不由自主的期待每天下午看到他的短短幾分鐘。如果可能，真希望老闆早上快點開門，讓我來得及目送他上學。

「你看，我的第五個100分！」

驀地，小男孩高亢的嗓音把我拉回現實——這是我們之間的約定，他說，在得到第二十個100分之後，爸媽就會答應他把我帶回家。

　　儘管雜交的魚生命都不長，但看著他滿懷期盼的愉悅神情，我想，我會努力活到那一天的！

　　某日，和我四目相交時，他突然煩惱的抱怨著，「可是，升上高年級以後，功課變得更難了，要得到100分也比以前不容易……不過，我還是會加油的，你要等我喔！我已經跟老闆拜託過，請他不要把你賣給別人，一定要保留到我可以買下你的那天！」

　　我擺了擺尾鰭，試圖安慰他的低落情緒，內心也非常感動──居然有人打算為我這條基因突變的怪魚努力奮鬥！即便我在水族箱中被視為異類而遭受攻擊，身上傷口被細菌感染得十分不舒服，又算得了什麼呢？

　　有時，我沒注意到小男孩來了，他還會緊貼著魚缸，準備一個大大的鬼臉，等我轉過來時故意嚇我一

跳！看著小男孩因為我的反應而哈哈大笑，我不禁感歎著，他肯定無法了解我有多麼心甘情願被嚇倒、嚇壞；因為唯有在相聚的時刻，我才能感受到自己並非孤獨、被眾人遺棄的「怪胎」！

即使有時因為在趕時間，匆匆忙忙的他也總會記得對我揮揮手，之後才依依不捨的離開。

我多麼希望自己能撐到他帶我回家的那天——不，就算是一個星期可以見到他四天也好！

可惜天不從「魚」願，我的眼睛已經開始出現問題。近來冒出的增生物體慢慢遮住我的視線，我知道，除了看不到自己突變怪異的身體之外，我也快要看不見他了！從現在開始，我會努力記住他從街角走過來的模樣，以供我在往後無窮盡的黑暗中細細回憶……

　　眼前的他還兀自嘰哩呱啦的說個不停，「我已經上了好多網站，詳細詢問有經驗的人，要怎麼飼養像你這樣的魚。你一定要等我喔！」不騙你，我真的可以感覺到，此刻他說話的神情多麼專注、多麼熱切！

　　我來回游了幾趟，算是對他的回應──其實除了快失去視力，我的體內也出現許多腫瘤。我並不感到意外，畢竟這是雜交魚的後遺症，也是我們必須承受的厄運。我只希望老闆不要太快發現，因為這是無法治癒的疾病，我怕他會為了減少麻煩，直接把我撈起往垃圾桶一丟，輕鬆了事！

　　「真希望你趕快到我家，我已經告訴同學你是我朋友囉！」想像著他愈說愈燦爛的笑臉，我突然覺得，這

樣就夠了，此生能遇到把自己當成重要朋友的人類，真
的，這樣就夠了！

　　如果說，我這不受歡迎的生命還有什麼心願的話，
我希望自己也可以學會笑──一次就夠了，我會大大
的、用力的，給他一個微笑！

小水鴨的選擇

　　這趟長途飛行，終於接近目的地。

　　不知道為什麼，眼看就要到達旅途的終點，我反而有種不安的感覺。

　　「爸，這裡真的好美麗！」慢慢的，我們看清楚陸地了，第一次出遠門的兒子克制不住的尖叫。

　　我對他笑了一笑，點點頭，腦海中不禁想像著，我們一家子很快就可以到達河口沼澤地的家。那裡溫暖、明亮、食物充足，能夠讓我們從容的休息、覓食、換羽、繁衍後代，真不愧是大家口中的「候鳥天堂」！

不知道住在那裡的人們，清不清楚從空中俯看自己家鄉——台灣東部的樣子？翠綠的山林、蜿蜒的河流、開展的平原，點布其中的小小聚落像一大塊刺繡精緻的織布，襯托在碧藍晶瑩的海平面……這就是我過去幾個月中不斷告訴兒子，我們在酷寒荒涼的西伯利亞以外的，另一個亞熱帶家園。

暮色中，我們安靜的降落了。正當兒子好奇的東張西望之際，討人厭的鄰居——綠頭鴨家族慢慢踱了過來。

「嘿嘿！一年不見，剛到啊？」綠頭鴨先生不懷好意的說：「今年可沒人為你們拍手、頒獎章囉！」

瞧他多愛記恨，直到今年還在翻去年的帳。

　　去年在政府大力宣傳觀光之下，辦了一堆歡迎小水鴨到來的慶祝活動，吸引數以萬計的民眾到台灣東部旅遊。現場的小朋友都戴上印有小水鴨頭部栗色花紋的帽子，還有徵文及攝影比賽什麼的，讓這裡大大熱鬧了一番，我們也因此跟著風光一陣子。

　　「今年冷清多了，你們可要習慣點兒唷！」不知是否因為有道深色條紋穿過眼眶周圍，綠頭鴨太太講這句話時，讓人感覺不懷好意。

　　綠頭鴨小姐則刻意壓低聲音，神祕的說，「還不都是因為『那個』……我跟你們說，『那個』真的要來了！」

「什麼『那個』？」兒子好奇發問，我的心卻顫抖了一下。

真的要來了嗎？那條傳說中的蘇花高速公路，果然就要來了嗎？

綠頭鴨先生略過兒子的問題，直視著我，「上禮拜有很多戴工程帽、穿制服的人，拿著工具在這附近比來比去，還一直指指點點。」

「據可靠消息指出，下下禮拜怪手就要來開挖了！」綠頭鴨小姐跟著附和。

綠頭鴨妹妹看我們討論得正起勁，五音不全的哼著：「蘇花高，蘇花高，大家都要吃發糕……」

大夥兒被她弄得哭也不是，笑也不是。終於，綠頭鴨們總算心甘情願的走開了，離去前不忘嘲笑我那還沒

換羽毛的兒子，怎麼長得那麼醜。

始終沉默的太太皺眉看我，「這是真的嗎？要動工了？」

「你們在說什麼？我怎麼都聽不懂？」兒子抓著頭，一臉疑惑。我心裡的擔心比誰都多，但只能強忍著，不講出來。「大家都累了，先去休息吧！兒子，明天我們出去走一走，好好認識環境。」

看著太太和兒子點頭離去的身影，我吐出一聲無奈的歎息……

＊　　＊　　＊

　　第二天一大早，享用豐富的沼澤早餐後，我們一家三口就出發了。

　　「我們往北邊轉，盡量飛高一點，這樣才看得遠！」我鼓勵著有點緊張的兒子。

　　待他鼓起勇氣、依言照做後，我給了他一個肯定的眼神。「看到那條窄窄的、勉強開在半山腰的路沒？這就是目前花蓮對外交通最常用到的道路。」

　　「喔，看、看到了！」兒子努力的伸長脖子。

　　我繼續說明，「因為這條路常常坍方、塞車，這裡的居民和出遊的旅客都覺得不方便，所以很多人希望能再蓋一條高速公路，又直又寬，沒有紅綠燈，不塞車又迅速安全！只是……」

　　「有不好的地方嗎？」兒子天真的問。

　　我歎了口氣，「對人類來講，好或不好還很難說，他們分成贊成和反對兩派，已經為這個問題吵了很久。但對於我們鳥類來說，絕對不好！」

　　「為什麼？」兒子不解的追問。

　　一向善解人意的太太對他溫柔解釋，「第一，興建高速公路的工程肯定會占用到我們棲息的地方。一旦空間變小了，候鳥間就會互搶地盤，搶輸的族類，就不會再來這裡了！」

「啊？不能再來這裡？」兒子嘟嚷著，「好可惜喔！這麼美麗的地方耶……」

我接續太太的話，「再者，行駛在高速公路上的車輛會帶來噪音和汙染，大概沒有幾隻鳥忍受得了……你知道，我們一向對生活環境超級敏感，既然不能在此安歇，唯一的解決辦法就是──搬家！」

兒子呆呆望著底下綠油油的稻田，也許還不能想像，現在這一大片寧靜安詳的美景，怎麼可能消失？

太太皺起眉頭，「高速公路的燈光，無論是靜止的路燈或快速移動的車燈，都會讓我們同類認錯或迷失方向。我曾聽說有些同伴就因為這樣，一頭撞到車燈上，胡裡胡塗送了命，甚至引發嚴重車禍！」

眼看身旁的兒子微微顫抖了一下，然後手忙腳亂的

加速鼓動翅膀緊緊跟上，我心底忍不住有些難過。俯看著這片可能就要改變的大地，內心百味雜陳──這裡給兒子的第一印象，竟是在美麗風光的外層，蒙上工業文明的巨大陰影……

望著沉默許久的他，我突然覺得，兒子彷彿在瞬間蛻去稚氣，臉色深沉了些。我究竟該喜？還是該憂呢？

* * *

「唉唷！你兒子這麼快就換好羽毛啦？還人模人樣的咧！」平靜的日子才過沒幾天，門外又傳來綠頭鴨太太又尖又高的嗓音。我歎了口氣，看來這個下午不得安寧了！

果然，她一進門就神祕兮兮的說：「你們討論好要

搬到哪裡沒？聽說大概這幾天就會動工了！」

　　「附近的尖尾鴨家族說要搬到關渡，」綠頭鴨先生挨著我，低聲說道：「你家隔壁的小水鴨，一下說要去台中，一下說要去菲律賓。我看你們跟我家一起搬去越南好了，大家也有個照應。」

　　好像施予什麼天大的恩惠般，綠頭鴨太太熱心告知情報：「至少那裡目前很平靜⋯⋯」

　　我沒等她嘮叨完，就開門送客。真是受不了啊！

　　「我不要走啦！」兒子突然激動大喊，「我第一次來，抱著好大好大的希望，竟然⋯⋯人類竟然為了自己方便，要把我們趕走⋯⋯」

　　也許是小小年紀難以接受如此大的變動，兒子居然嚎啕大哭起來，「我偏偏就要留下來，今年、明年、後

年、大後年……一直到飛不動為止，我每年都要來這

裡！」他賭氣的叫著，活像個耍賴的孩子。

　　剛一腳踏出門口的綠頭鴨太太愣住了，我和太太連

忙安撫兒子，平復他的情緒。

　　隔天，聽說綠頭鴨家族一早就離開了。雖然暫時恢

復平靜，但我的心裡卻亂成一團。

　　對於未來，甚至是明天，其實我

連一丁點把握都沒有。

　　這裡的人真的不再歡迎我

們了嗎？

　　不會吧！

與你同游

　　「我認得你！」即使在半睡半醒中，少年興奮的表情也一直在我腦海出現：「我總算又遇到你了。你跳得好高、轉圈好炫喔！想不到在海上可以看到這麼棒的表演！」

＊　　＊　　＊

　　頭頂上的海面慢慢透出一點光亮，再過半小時吧，太陽就會露臉了！

　　身邊同伴們有的遠、有的近，浮浮沉沉的，好像都還在睡夢中。抓緊這千載難逢的機會，我輕輕一躍，迅速衝出海面。

　　破曉前的空氣冷涼，海平面那端透出一絲絲橘色光線，令人滿懷愉快的期待。旋轉，再旋轉，我一連在空中翻滾了三圈，才依依不捨的回到海中。

　　「你不跳是會死喔？」迎接我的是鮪魚小黃冷冷的目光。

　　我全身僵了一下，嘻皮笑臉的打哈哈：「咦，你醒啦？誰叫我是隻飛旋海豚嘛！我好久沒飛了，再這樣下去就快變成『旋海豚』……」

　　小黃仍然瞪著我，並沒有打算理會我的冷笑話。過了一會兒，他歎口氣說道：「你不跳不一定會死，但你再跳我必定會死！」

　　他的話像炮彈直射而來，威力震得我低頭。只好憋住氣，往海水深處潛了下去。

　　小黃的恐懼我全都知道。多少年來，每到這個季節，從北方遠道歸來的鮪魚群，因為體型、速度接近，會和我們飛旋海豚結伴同游。我們一向熱情好客，舉雙「鰭」歡迎鮪魚朋友的加入；當我們展現合作捕魚的絕技時，他們也樂得共享大餐。

　　如此愉快的伴游持續了很多年，一直到在海上捕魚的人類發現，飛旋海豚在哪，美味的鮪魚群就在哪。於是大批的海豚和鮪魚一起被捕；鮪魚全進了饕客的肚子，而沒人要吃的海豚，不是被賤價賣到遊樂中心表演，就是暴屍在漁港的岸上。

　　我們天生的愛現因子，卻成了獵人開槍的訊號；原本只是無心的嬉鬧，現在卻帶來一場又一場殘酷的殺戮。所以長輩從我們小時候就諄諄告誡：為了保護朋友

也為了保護自己，有鮪魚在身旁時，千萬、千萬不可跳出水面，以免暴露行蹤。

小黃的譴責完全有道理，我知道自己不能那麼自私。

但少年興奮期待的模樣又在我腦海裡浮現……不會每個人類都那樣壞吧？至少他看起來不像。

我希望能再遇到他——那艘藍色漁船上的少年。

　　　*　　　*　　　*

「啊！海豚，飛旋海豚！」

第一次遇到他是在深夜的海上。我向來以為那時候出去透透氣是最安全、最不會被看見的，因此他的叫聲使我受了不小的驚嚇。

觸電似的，我順應本能趕緊往下沉，因為我怕他接下來脫口而出的便是：「有鮪魚！」

但是當我覺得時間過得夠久，再度回到海面上時，他們的船仍然還在，而且看來沒有要下餌釣鮪魚的意思。

「我們要回去了，已經抓夠了！」他比一比身後小小的船艙，「希望下次出海能再遇到你。」接著，輕輕揮手向我道別。

過了兩、三天，他果真又出現在上次相遇的地方。

不知道哪根筋不對，在伙伴警戒的眼神中，我竟然大膽的離開他們，游近少年的船。

「你好，小飛……我可以叫你『小飛』嗎？」他愉快的在船首迎接我。

　　雖然不怎麼喜歡小飛這個名字，但聽他這麼一說，我卻覺得，好像也滿適合我的。

　　他熱切的說：「這個假日，爸爸首次允許我搭叔叔的船一起出海。但是我對這片海洋的了解，可不會輸給捕漁20年的叔叔喔！」

　　聽著他自信的口吻，我用雙鰭拍了拍水，算是為他鼓「掌」。

　　也許是感受到我的鼓舞，他興致勃勃的繼續訴說：「可是資料看得再多，親眼看到廣闊無邊的大海時，我還是感動到不行。海洋果然比陸地精采多了！我覺得啊，岸上的人們有天都應該變成魚，到海底生活看看。」

　　這句話後來經過我轉述，連平日嚴肅的鮪魚小黃都

非常欣賞。

　　而且出乎小黃的意料，即使已經看見我這麼多次，少年的叔叔和他從來沒有要抓鮪魚的意思。

　　記得有一次我聽到他叔叔告訴少年，「這附近應該有不少鮪魚。」

　　一聽到這句話，我嚇得半死，以為他們要開始捕鮪魚了。

　　「為什麼我們不抓呢？鮪魚在市場的價格不是一向很好嗎？是因為沒有工具嗎？」少年的疑問傳入耳內，讓緊張的我專注聆聽他叔叔的回答──若他們真要採取「捕鮪行動」，我就不能在這附近自由跳躍了！

　　他叔叔爽朗的聲音破空而來，「當然不是這個原因囉！現在還在這附近徘徊的鮪魚正準備交配產卵、繁殖

後代，再出發回北方去。我們不應該打擾他們。」

「原來如此。以前和爸爸去溪邊抓魚時，他只留下大魚，把小魚放回水裡，說什麼不讓牠們有機會長大，我們以後就沒魚可吃……這也是相同道理吧？」少年舉一反三。

成熟男人的聲音再度傳來，「沒錯，人類需要魚，但並非趕盡殺絕。就像大魚也會吃掉小魚一樣，萬物都有生與死，人類只是層層食物鏈的一環，不能濫用自己的權力去消滅別的族群……」

「所以，就算我們再喜歡吃鮪魚，也應該讓牠們有繁衍後代的機會囉！」少年天真的插話讓我頗感欣慰。

　　他叔叔大笑出聲，「不只為了我們永遠有鮪魚可吃，更是讓其他依賴鮪魚的物種得以生存。人類應該做的，是思考如何與所有生物合作，達到共生且永續的平衡狀態。」

　　這些話不只為少年上了一課，更讓身為海洋生物之一的我點頭如搗蒜——當然，聽完我轉述的小黃也是如此。還記得他聽完後，臉上那種不可思議、有點複雜的表情。沉默了半天，他生平第一次搞笑，「快告訴我這個人的船在哪裡，我要自己跳進他的冷凍艙！」

　　「別鬧了，他會把你丟回海裡，教你趕快去找女朋友！」我忍不住和他嬉鬧起來。

　　這是小黃的第一次，也是我的第一次，在人類的想法裡，感受到「尊重」這兩個字。

　　後來，我更常去找少年，聽他談未來到地球所有遠洋航行的理想。有時，我甚至故意在船邊躍起，讓他伸長手就可以觸摸到我的身體。我們一直玩著類似的遊戲，樂此不疲。

　　某天，他難過的說：「我可能不能再來找你了。我要搬家了，暫時不能上船……」

　　這意外來得太突然，我說不出話來，只能跟著船，不斷發出低沉的鳴叫聲。

　　似乎感應到我的悲傷，他也低下頭，不發一語。

　　不知不覺間，原本只是遠遠跟著的其他海豚和鮪魚群也都靠攏過來，簇擁著少年的船，緩緩前進。

　　少年發現了他們，瞪大眼驚訝的說不出話來。我想，他是初次看到一大群海豚和鮪魚一起現身吧！

　　但船隻畢竟已在返航的路上，他靠在船邊，依依不捨的揮手。目送著他，我們也只得慢慢的拉開了和船的距離。

　　「喂！」當我們正要離去時，背後卻突然傳來他的聲音。少年圈起雙手，對著我們大喊：「等我一下！讓我和你們一起游一段！」

　　站在船尾的他開始脫上衣，在我驚訝的眼神注視中，他已經縱身跳入海裡！

　　當然，這是非常危險的事情。要知道，海裡潛伏著各種危機：鯊魚、漩渦、暗流……要吞噬掉一個小小的人類是輕而易舉的事。

　　除了危險，我也必須說，若要比在水中游行的速度，人類其實很遜、很遜。無論我們再怎麼慢，他還是跟不上，只要我們輕輕擺動一下尾鰭，他就會遠遠的被甩開。

　　我只好盡力放慢速度，讓他至少看得到我。

　　少年奮力的游著，努力的跟隨我們。他的動作與眼神，讓我覺得像日夜相處的老朋友般，熟悉又溫暖！

　　但我怕他體力用盡或因此發生危險，不得不用動作催促他回到船上。

　　「再見，小飛！再見！」剛剛安全爬上船的他趴在

船邊，喘著氣大喊：「謝謝你們！」

然後，少年走了，小黃也走了。

但我卻從來沒有感到這麼快樂過！

小龍的旅遊筆記

最近我們這裡最轟動也最讓人興奮的一件事，就是我——藍小龍，得到一次免費使用時光隧道的機會，可自由選擇歷史中的任何時空，來趟精采的自助旅行。

對人類來說，或許恐龍的時代早已結束，但我們的社會其實不輸給人類，科技與文明高度發展。就像剛剛說的，我們甚至擁有一條能讓恐龍在歷史中自由穿梭的隧道！

當然，我們也對人類的特性與生活有深入認識，包括百貨公司的電梯、遊樂園的摩天輪、複製羊等科技發明；甚至還有相關電視節目，專門

探討人類文明。

　　不瞞你說，我就是參加探險頻道的熱門綜藝節目——「認識人類益智搶答連環猜」單元，連續答對一百多道題目後，擊敗其他參賽者，得到這個許多「龍」夢寐以求的首獎！

　　對人類世界充滿嚮往的我，當然毫不遲疑的選擇到他們的世界，並在「西元2000年以後」這個選項中，由時空機器隨機為我選擇「西元2012年某月某日的台灣台北東區」。

　　在等待到人類世界旅行的這段時間，我興奮萬分，因為我多年來致力蒐集、閱讀人類的資料，幾乎可以倒背如流，終於能一項項親身驗證！書上都說人類熱情、友善且充滿好奇，而且幾乎每個人類都希望親眼看到恐

龍！

喔！我真是迫不及待要前往人類世界呢！

＊　　＊　　＊

西元2012年某月某日，台灣台北東區。

剛來到人類世界的我有些意外，因為沒想到時光隧道的出口，竟是在一家剛開幕的百貨公司大門！

蜂擁而至的人潮讓我根本沒時間思考怎樣避免人類看到恐龍之後，互相驚慌推擠所引發的危險事件。

但我很快發現沒這個必要——推擠事件頻傳，可是沒人露出驚慌表情；他們比較心急的是，如何擠進百貨公司的玻璃門搶購限量超值福袋！

這時，一位穿著百貨公司制服的主管跑出來開罵：

「不是說好一樓出入口都要淨空嗎？是哪家專櫃的天才店員，把這麼龐大的恐龍模型擺在這兒？快叫保全將它弄走！」

對於美夢成真、如願來到人類世界的我，這樣的開場實在有點「瞎」，也讓我的夢想崩塌了一小角……書上不是說人類都很熱情嗎？怎麼大家對我視若無睹，甚至開罵呢？

但看到在主管一聲令下，保全人員忙成那樣，民眾也拚了命的往百貨公司內推擠，看來是我出現在不對的地方吧！

不等保全搬動，我默默的走開了。

走向熙來攘往的街頭，再次出乎我的意料──行人沒有太大反應。看到我的人以為是在拍電影，至於沒看

到我的人也所在多有。

　　一個現實的問題浮現腦海：我得想辦法在這裡住下來，因為此趟旅行的贊助廠商並未提供食宿費用。

　　在萬不得已的情況下，我相準某棟看起來家境不錯的公寓，希望用勞力換取食宿，找到棲身之地。

　　我小心翼翼的按下對講機，待對方有所回應，才自我介紹：「你好，我是恐龍，你們可以收留我嗎？我會打掃、看家、洗碗……」喔！對講機真矮，我得努力彎下身子才能勉強靠近。

　　「打掃？不用了，我才剛被續聘呢！」第一家的外傭說。

　　「看門？我們有狗啊！」第二家的男主人說。

　　「洗碗？我媽媽最喜歡洗碗了！」第三家的小孩

說：「如果我告訴爸爸媽媽有隻恐龍要來住我們家，他們不但不會相信我，還找到藉口將我的漫畫和電玩都沒收，說我太入迷了……你趕快走吧！我看你應該去主題樂園才對。」

聽到大家像趕蒼蠅一樣避「恐龍」唯恐不及，我再度感到納悶：書上不是說大部分的人類都很友善嗎？為何我只能感受到大家的敵意與不信任？

沒有別的辦法可想，我只好再次按下第三家的對講機按鈕，詢問那個小孩主題樂園在哪裡，並決定姑且一試。

算很幸運吧！因為「自備道具」、「化妝起來像一隻真的恐龍」等理由，我得到了一份差事。工作內容如下：在園方安排好的路線走動，和大家打招呼或陪小孩

子照相等，以增進遊樂園的人氣。我的工作伙伴有企鵝、大象和熊貓，而且每天中午都會有人發便當。

日子又過了一、兩天，氣氛沉悶到令人覺得無聊。

「你知道我們園區裡有一隻真正的恐龍嗎？」某天中午休息時間，我對熊貓同事說。

他頭也沒抬，繼續大口扒著排骨便當：「這是本月的促銷主題嗎？怎麼沒人告訴我？」

我終於忍受不了人類事不關己的冷漠，大聲吼叫：「我！我是說我，是一隻真、正、的、恐龍！」

他轉過頭，瞪大兩隻眼，直直的看著我。

他動也不動的幾乎有十秒之久，我開始感到後悔：怎麼可以沉不住氣的全盤托出呢？我在這裡勢單力孤，他們如果要把我怎麼樣，讓我再也回不去，我肯定沒有

還手的餘地……

「可是……我看過電影啊，那個侏羅紀什麼的，沒有像你這種恐龍呀！」他堅決的說。

我沉默不語。

「快上工吧！你是不是被頭套悶壞啦？」他邊站起身來，邊把便當盒丟進垃圾桶，「現在景氣這麼差，有工作就不錯了，別再想那些有的沒的！」

「快看！是熊貓耶！」我還沒來得及解釋，他就被一群尖叫的幼稚園孩子拉走了，只留下我在原地喃喃自語：「我是蘭伯龍，是鴨嘴龍科的一種……我真的是從7,500萬年前來的，我是白堊紀的恐龍，我真的是……」

冷颼颼的風吹過，一如我失落的心。人類怎麼這麼冷淡？跟書上所言完全不相同！我這趟旅行又是在幹

麼？讓夢想幻滅嗎？我垂頭喪氣的走出主題樂園，只想找個地方靜靜心，好好想一想接下來該怎麼辦。

誰知道才剛過馬路，背後就傳來急促的哨聲——回頭一看，是兩名警察。

他們揮手叫我過去，還說我沒按照燈號穿越馬路，照規定要開罰單。我點點頭，將此趟旅行贊助商幫我辦的簽證拿給他們，任由他們開單。

「我真沒看過像你這麼笨的人！」當我回到樂園，硬著頭皮把罰單交給老闆時，他簡直氣炸了。「跟你們講過多少次，離開園區時記得換下制服！你所有的薪水拿來付這張罰單還嫌不夠呢！」

看我毫無回應，他繼續開罵：「你以為打扮成恐龍，警察就不會罰你嗎？我看你全身上下，只有腦袋最

接近恐龍——又笨又遲鈍！」

　　他還罵了什麼，我實在不想再說，總之最後他往門外一指：「快滾！你被開除了！我再也不想看到你！」

　　當然，我仍然穿著「制服」離開，反正不會有人理會我。

　　慢慢走回百貨公司的路上，我不得不承認：這趟旅行和我想像的實在差太遠了！

　　「媽媽，他們忘記把恐龍模型收進去耶！」回到百貨公司門口，正發著呆，一個路過的小女孩興奮的拍拍我。

　　這句話讓我忍耐已久的淚水全湧了出來，因為怕嚇壞她，我連動都不敢動，直到她走遠，完全看不到我為止。

　　我是真心想和人類作朋友，但好像沒有人這樣想。

他們要不認為我是道具，就是擔心我會搶他們的風頭，

甚至覺得我只會帶來麻煩。

　　夠了，真是受夠了！我要回家！我幾乎是飛撲過

去，按下百貨公司門口那個隱形的時光隧道控制鈕。我

只想趕快回家，回到屬於我的，只有恐龍、沒有人類的

白堊紀！

　　我發誓，以後就算是拜託我，我也不

會再到人類的世界。

　　書上說人類愛恐龍、了解恐

龍、懷念恐龍——但我想他們

一定弄錯了，而且大錯特錯！

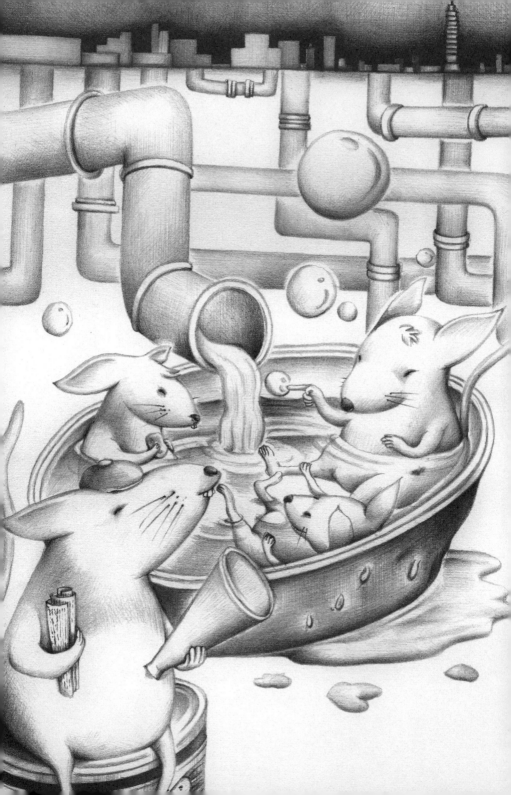

【幻想篇】

大編劇家／冠毅

福妹奇遇記
蜜蜂菲菲
鼠輩的煩惱
流浪狗兒的休業式
無尾熊的寒假作戰計畫

幻 想 人 物 簡 介

福妹奇遇記

俗　稱：螞蟻。

簡　介：目前全世界已命名螞蟻的種類共有9,536種。居家室內常見的螞蟻有小黃家蟻、黑頭慌蟻、狂蟻及爪哇大頭蟻。家居蟻類大多在住宅牆壁四周、庭院草坪、盆栽下方、浴室或廚房壁縫、流理台或潮氣較重的地方築巢，屬雜食性。

蜜蜂菲菲

俗　稱：工蜂。

簡　介：蜜蜂是一種由一隻蜂后、少量的雄蜂和眾多的工蜂組成、會飛行的群居昆蟲，採食花粉、花蜜，並釀造蜂蜜。主要天敵有胡蜂、蟾蜍、蛾、螟蟲及其他食蟲性動物。工蜂是整個蜜蜂社會裡的勞動者，蜂巢中的任何工作，都由牠們來擔任。其工作性質是有次序的，每個不同的時期，所負責的任務也都不同，分別為保育、築巢和採蜜。

鼠輩的煩惱

俗　稱：老鼠，是一種屬於囓齒類的總科，其中含有倉鼠、沙鼠、大鼠、小鼠，以及其他親緣動物。

簡　介：上下顎各有一對銳利的門牙，會不停的生長，所以必須不斷的磨牙，一方面避免門牙長太長，妨礙咀嚼，一方面保持門牙銳利。

流浪狗兒的休業式

簡　介：俗稱流浪犬，或稱野狗、棄犬，是指無主的寵物犬。常見原因包括飼主刻意遺棄、自行走失或野生等。

無尾熊的寒假作戰計畫

學　名：Phascolarctos cinereus

別　名：英文名稱Koala為澳洲原住民的方言，意指「不喝水」，是澳洲的特有種生物，又譯作樹熊、樹袋熊。

特　徵：身長約60～85公分，具有一對朝前的眼睛，前肢共有五指，其中兩指與其他三指較為分離，很像人的手，但牠有兩個拇指；後肢共有四趾，其中一趾與其他三趾分離成90度，有利其攀附樹木、抓癢和梳毛。雌性無尾熊身體有育兒袋，可供嬰兒棲息，雄性則是胸前有咖啡色條紋。

簡　介：屬夜行動物，身體新陳代謝較慢，每日需睡眠17～20小時。幼熊出生後會住在母親的育兒袋中，約半年後才會從育兒袋中出來。

福妹奇遇記

　　福妹是一隻工蟻，大部分的時間都在工作。
她和其他工蟻伙伴一樣，服從指揮，每天辛苦執
行搬運食物、看管蟻巢、照顧螞蟻寶寶等任務。

　　雖然福妹的個性有點迷糊、注意力總是不集
中，倒也和大家合作愉快，沒惹過什麼大麻煩。
她從來不曾懷疑過身為一隻工蟻的命運，直到有
一天——

　　這天晚上，福妹所屬的工蟻大隊接收到命
令，要她們穿過人類的客廳地板，搬回垃圾桶裡
小男孩沒吃完就隨手扔掉的牛奶糖。福妹那天下
午偷吃了螞蟻倉庫裡的蛋糕及飲料，還有一點她

最喜歡的小酒；在酒足飯飽、昏昏欲睡之餘，步伐有些不穩，但她還是乖乖的跟著伙伴前往目的地。

隊伍離開牆邊後，慢慢往客廳垃圾桶的方向邁進。怎知出發不久，工蟻大隊就遇上障礙物——小男孩因為玩膩，扔在地板上的紅色氣球。

大家規矩的拐了個彎，小心從氣球底下通過，一切看起來都很順利。可是當福妹走到氣球前，腦筋仍不大清楚的她竟筆直爬上氣球！等隊友們發現福妹的異狀，想要叫她回來時，她卻因為距離太遠而聽不見。

說時遲、那時快，因為這家人習慣邊吃飯邊看電視新聞，所以沒有卡通可看的無聊小男孩轉頭看見剛剛被他扔在一旁的紅氣球，就一把抓起來玩。

頓時，氣球上的福妹感到天旋地轉，但已來不及爬

下來，只得抓緊氣球，心中默默禱告……

　　小男孩拉扯著氣球，無意間竟鬆開打結的充氣口！裡頭的空氣傾洩而出，氣球也在瞬間飛離小男孩手中──咻！嘟嚕嚕嚕嚕……氣球直往前竄，然後快速的在空中打轉，直到氣全漏光了，才筆直的掉落地面。

　　「啊！哈哈！」小男孩開心的笑著，但他卻不知道趴在氣球上的福妹，同一時間正經歷天崩地裂、生死交關的震撼！可憐的福妹死命的抓住氣球，臉上不知是眼淚還是鼻涕，褲裡不知是尿尿還是……狼狽至極的她根本來不及思考到底發生什麼事、自己應該怎麼辦。

　　她最後的記憶停留在自己衝向一大片炫目的白光，有道聲音在耳畔說：「要嚴防強風豪雨──」然後，就暈了過去！

＊　　＊　　＊

　　當福妹終於在客廳地板上的另一處角落醒來時，已有好幾隻工蟻圍在她身旁。她們七手八腳的拍打、呼喊她，甚至檢查她的身體——大家都擔心她再也醒不過來。

　　「醒了，醒了！」看到福妹緩緩睜開雙眼，一名伙伴大聲吆喝。

　　另一名工蟻也出聲關懷：「福妹，妳要不要緊？」

　　「啊……唔……這是哪裡？我剛剛去了什麼地

方？」還沒完全清醒的福妹啞聲詢問。

「還在同一個地方啊！妳緊抓著的氣球掉落在不遠
處，但我們也不知道妳剛剛去了哪裡……」大家七嘴八
舌的回答她。

「唔……有道聲音……」在大家的攙扶下，福妹慢
慢的坐了起來，「剛剛有道聲音對我說……」

「說什麼？」大家都很好奇。

「說……『要嚴防
強風豪雨』……」福
妹吐出這句話後，因為
頭實在太暈，再度昏了
過去。

＊　　＊　　＊

福妹曾到過「天堂」的事情很快就在螞蟻王國傳揚開來；大家都說她被天神召見，而且神要她帶一句重要的話給大家。據資深的工蟻說，那句話的意思就是要大家小心，大風大雨即將來臨！

隔了一天，強颱果然過境當地，到處狂風暴雨，水淹路面，災情十分慘重。但螞蟻王國因為事先得到福妹的警告，已經把糧食和寶寶們搬到安全之處，所以王國成員和財物毫無任何損失。

大家對福妹都感激得不得了，蟻后也特地召見她。

蟻后首先代表全國人民，感謝福妹幫助大家逃過災難，然後把福妹叫到身邊，小聲問她：「嗯……聽說……妳那次被送到『天堂』，是神找妳去的嗎？祂告訴妳要提早防範風雨？」

「稟告王后，我不知道那裡是不是天堂，就連跟我說話的是不是神……我也不甚清楚。但我在天空中胡亂打轉時，的確有道聲音告訴我『要嚴防強風豪雨』……」福妹搔搔頭，老實回答。

王后眼底帶著一絲尊敬，「那就錯不了，妳是神選定的使者！我要聘請妳當國家安全顧問。」

福妹還來不及詢問那是個什麼樣的工作，王后已為她套上一件亮晶晶的袍子，也將顧問證書遞到她手中，

並請手下迎送福妹到新住所。

史無前例的，螞蟻王國在固定的「蟻后——雄蟻——工蟻」傳統制度外，多設置「顧問」一席高位！所謂的顧問，就是要負責回答全國子民不曉得該如何解決的疑難雜症，例如今年冬天是長是短、糧食儲存量是否足夠、走失的小寶寶身在何方、該不該跟鄰國發動戰爭等。

福妹對於這些問題當然一點概念都沒有，但在大家的引頸期盼和熱烈注視下，她只好硬著頭皮隨便瞎掰；沒想到竟然被她解決了一些不大不小的問題。

大家對福妹……喔，不，是「福神」更加敬佩和服氣！就這樣，在眾人的盛情擁戴下，福妹頂著「顧問」頭銜，風風光光的過日子。

日子一久，隨著預言失誤的次數增多，螞蟻王國的子民漸漸注意到某件大事——福神似乎失去預知天災的能力！這也令福妹愈來愈不安。

在幾次並未預測出水、旱災的失誤後，福妹不得不思考到底可以做什麼？她當然知道自己不是什麼神的使者，只是她一直想不通，上次被送到「天堂」時，那道炫目的白光及在耳邊響起的聲音到底是怎麼出現的？為什麼當時神願意告訴她天災即將到來，現在卻又不顯靈呢？

　　福妹還在反覆思考這些問題時，螞蟻王國又遭遇一次罕見的大洪水，許多辛苦儲藏的食物都因泡水而報銷，數不清的可愛螞蟻寶寶和還沒孵化的蛹也被大水沖走。

　　大家都忙著收拾善後，沒有時間及心力責備福妹，但她卻難過得不得了，覺得自己還是辭去顧問一職比較妥當。

　　抱著最後一絲希望，福妹有氣無力的走回上次發生意外的地方，希望能發現一絲線索，幫助她找到答案。

　　她在客廳地板上漫無目的的走著，小心閃躲人類移動的腳掌和拖鞋，上方的大茶几不斷傳來陣陣米飯和菜肴香──一切都和上次的情景相同。

　　福妹回想起那顆恐怖的紅色氣球，雖然不能再靠著

它直達天堂，但也許她可以爬高一點，那樣應該就會更
接近天堂？

　　於是，福妹開始大膽的沿著牆壁往上爬。

　　爬到一半時，她突然聽到一道遙遠的、熟悉的聲
音：「各位觀眾好，又到了關心氣象的時間⋯⋯」

　　天啊！福妹的心跳開始加速，這⋯⋯不就是神的聲
音嗎？

　　她努力加把勁，迅速的往上
爬。

　　接下來，神念了一大堆
數字，她雖完全不理解其中
意涵，但大概聽懂天氣炎熱、下
午有大雨之類的話語。

終於，神的聲音就在耳畔！福妹左右探看，想一睹神的廬山真面目——怎知，她發現自己正爬在電視機的喇叭孔上！她猛然抬頭，正好對上天花板的大日光燈！

剎那間，福妹終於恍然大悟——那天昏倒前，她一定就在電視機的喇叭孔及天花板日光燈附近的「空中」，所以才會……

安靜的爬下牆壁，福妹心中已有定數。

返家後，她把袍子和顧問證書都準備好，隔天一大早就去求見王后。

　　她告知王后下午會有大雨的事，請大家趕快做好準備，接著把「天堂之旅」的真相解釋給王后聽，並請求王后馬上解除她的職務。

　　「以後，只要我們每天派出傳令兵小隊，準時到人類家裡『聽』氣象就夠了！」福妹誠懇的說：「但也不要靠得太近，否則那聲音極大，怕大家會嚇一跳。」

　　王后沉默了一會兒，雖然有些失望，卻極力讚美福妹的誠實和勇氣。她答應福妹的要求，免去顧問一職；還貼心的幫年紀漸大、不適合再從事工蟻工作的福妹安排擔當「工頭」的工作，只要盯著年輕的工蟻們工作、注意大家的狀況即可。

　　福妹高興的接受新職，與王后相視而笑。

＊　　＊　　＊

「要……記得……嚴防強風豪雨喔！要關心氣
象……」

眨眼間，幾年的時間很快就過
去了。螞蟻王國的年輕工蟻們
就像所有前輩一樣，每天辛
勤工作後，會坐在一起休息
兼聊天。她們偶爾會提到
那位「聽說有見過神」
的工頭——福婆婆。

　　福婆婆呢？她總是獨自坐在遠處，翹著腿、瞇起眼，一口口品嘗只有年長的工蟻才能分配到的好酒，彷彿有些感傷又有點懷念似的，邊搖頭晃腦邊呢喃著。至於她都說些什麼，那就沒人聽得懂囉！

蜜蜂菲菲

　　第一天，菲菲尚未察覺有什麼不對勁，她獨自把蜂巢內外收拾得乾乾淨淨——以她高人一等的標準，靜靜等待新蜂后回來產卵。

　　到了第二天，蜂后還是沒有回來。菲菲仍舊耐著性子看家、打掃，心裡邊犯嘀咕：「怎麼這個新王后如此沒用，花了兩天還沒搞定男朋友！」

　　第三天情況依舊，菲菲這才發覺不對勁，緊張的在巢裡來回踱步，心裡抱著最後一絲希望，企盼蜂后只是路上耽擱了，稍待片刻她就會出現在洞口……

　　直到第四天來臨，菲菲才終於相信——蜂后不會回來了！連這位新誕生、「舉目無親」的王后都拋下她，另謀出處！

　　「妳們都是大渾蛋！有眼無珠，不識好歹！」憤怒的菲菲在空蕩蕩的蜂巢裡大聲咆哮：「妳們看著好了，我就不相信我活不下去！哼，我要活得好好的讓妳們後悔！」

＊　　＊　　＊

　　事情是這樣的：菲菲是一隻勤奮的工蜂……不，光是「勤奮」還不足以形容，她為自己訂下非常嚴格的標準，每件工作都要按照預先擬定的方法和步驟循序漸進，以達到最完美的境界，絕不容許一絲差錯！

　　麻煩的是，她覺得自己身為多達20,000名成員的大蜂巢裡的一份子，有責任和義務幫忙別人做到同樣完美的狀態；也就是說，她不但以高標準要求自己，更如此看待別人。

　　「妳這樣不行啦！」從第一次負責打掃工作開始，菲菲就看不慣所有伙伴清潔蜂巢的方式，「妳看這裡、這裡、還有那裡，都還有灰塵！既然我能察覺汙垢的存在，為什麼妳們老是看不到？」

當她們又長大一點，可以負責餵蜜蜂寶寶時，她也不接受別人的作法。

「右手！要用右手拿湯匙！妳用左手怎麼可能餵得好呢？」她對著左撇子的工蜂同伴大叫：「怎麼可以這樣隨隨便便的！」

輪到她們建築蜂巢時，菲菲更是忙碌到極點；因為她除了努力蓋出自己的六角「蜂室」之外，還忙著拆掉別人已經搭建好、卻「不符合標準」的蜂室。

「這種蜂室怎麼可以居住？這裡是歪的，那裡也不堅固，妳都沒發現嗎？」菲菲不斷抱怨，「自己的工作

不好好做，還要一直麻煩別人，我簡直快累死了！」

　　其他的工蜂面面相覷——因為這些話，正是她們想告訴菲菲的！

　　好不容易等到她們都夠大、可以外出採花蜜時，大家都迫不及待的往外衝，因為她們想：只要不待在蜂窩裡，菲菲應該就不會有任何「高見」吧？

　　但菲菲的熱忱沒有就此熄滅，她忙碌的穿梭於花叢間，邊收集花粉和花蜜，邊細心指導同伴們哪裡可以採到純度高0.1％的花粉，以及怎樣帶回多一滴滴花蜜……

　　為了菲菲，蜂巢口史無前例的大排長龍——雞婆的菲菲立下規定：每次容許一隻工蜂進去，只能填補同一個蜂室，大家都要遵照她仔細設想的收納原則儲存花粉及花蜜；這一切，都是「為了大家著想」！

　　一隻老工蜂不禁抱怨，「拜託，我這輩子還沒看過管這麼多的蜜蜂！」

　　「對啊，我看再等下去，花期都要過了。」另一隻工蜂附和。

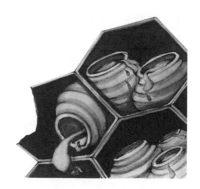

　　她們雖是默默工作、善於服從、團結合作的一群，但也有疲倦和厭煩的時候。於是趁著新蜂后產生，舊蜂后帶著部分伙伴另覓築巢處的同時（也就是「分蜂／封」的社會行為），大家藉口要追隨老王后，一窩「蜂」的爭先恐後逃離了。

　　沒一會兒的工夫，蜂巢裡已經空蕩蕩，只剩下菲菲和新任王后。

　　「妳到底做了什麼事，讓大家這麼討厭妳？」菲菲剛開始還百思不解，懷疑的看著新王后：「不是說好，會留下一半同胞陪妳嗎？」

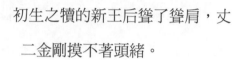

初生之犢的新王后聳了聳肩，丈二金剛摸不著頭緒。

但菲菲沒有太多時間細想，她把滿腹熱情和經驗都用來照顧新王后。

她一口一口餵她吃花蜜，即使新王后已堅決表示三次「我再也吃不下了」；她規定新王后每天要吃8餐、洗5次澡；男朋友身高不得少於1.6公分，還有不能好吃懶做（雖然全天下的雄蜂都游手好閒）……

「這一切，全是為了建立強大繁榮的王國所進行的準備！」菲菲大聲宣示，深怕唯一的聽眾──新王后沒聽清楚自己所說的；儘管這已經是當天的第19遍了！

　　　　　＊　　＊　　＊

　這下子可好，連新王后都一去不回！

　菲菲既生氣又失望，經過反覆思考她才理解——大
家討厭的不是新王后，而是自己。

　她花費一番工夫努力猜測及回想，才慢慢了解自己
為什麼被同伴討厭。

　但她還是不懂，為什麼沒人了解她打造更美好、更
健全家園的苦心？

　菲菲環視這個由她一手打造、無「蜂」能比
的巢居：乾淨、整齊、堅固，每粒花粉、每
滴花蜜都有屬於自己的位置，
有條不紊，完美無缺！

　　為何沒有蜜蜂願意留在這個一百分的家庭呢？

　　菲菲在完美國度中漫無目的的晃過來、晃過去，並且努力思考著；不知不覺間竟睡著了，直到敲門聲吵醒她。

　　「有人在嗎？有人在嗎？」

　　菲菲揉揉眼睛，這才想起已經沒有伙伴負責守衛蜂巢的出入口了。

　　「是誰啊？」菲菲慢慢爬到洞口，往外探查——不看還好，這一看簡直把她嚇得半死！原來是小蜜蜂的天敵——大胡蜂！

　　大胡蜂邊出言詢問，邊不懷好意的往巢裡窺探，「妳們家……還好嗎？怎麼連看門的都不見啦？」

　　「她們、她們有重要的事，去……去開會了！」菲

菲緊張的口吃，「妳、妳有什麼事嗎？」

「沒事啦！只是順路經過，來探望遠房親戚……我馬上就要回去了。」大胡蜂奸笑著，臨走前又轉頭問了一句：「聽說妳們今年花蜜的收成很不錯，是吧？」

菲菲嚇得魂不附體，只能顫抖著身子，目視大胡蜂萬分得意的離去。

她從小就聽過許多蜜蜂前輩被大胡蜂整巢殲滅的故事──因為雙方實力懸殊，光對付一隻大胡蜂，可能就要發動幾十隻蜜蜂，那些犧牲掉的還不算在內！

若那隻大胡蜂知道這個蜂巢只有自己在家，肯定很快就會帶著一大群同伴來攻占！

　　頭皮發麻的菲菲卻只能坐困愁城，回想和同伴們相處的日子……她們一起開會、一起行動、一起攻擊，就算不得已放棄老家，從頭再搭蓋新蜂巢，現在想起來都是一件不錯的事──因為，大家都在身邊啊！

　　就在這個時候，菲菲突然感到一陣輕微的晃動──不好了，肯定是大胡蜂回來了！

　　她還沒爬到洞口探看，雨水卻從蜂巢口倒灌進來；菲菲這才想到最近自己都待在家裡，根本沒發現天色有異……但現在說這個也來不及了，因為暴風雨已經來臨！

　　可憐的菲菲獨守著隨風雨侵襲而猛烈搖晃的家，眼睜睜看著強風吹垮她們的國度，大雨泡爛她們的收成……好不容易等到風雨過去了，疲憊的菲菲才一身狼

狽的爬出蜂巢。

　　需要多少個同伴一起工作多久，才能修好殘破家園？她們辛苦儲存、打算用來過冬的存糧還未列入計算呢！菲菲茫然的想著，現在就只剩孤零零的自己了⋯⋯

　　「嘿嘿嘿！」連回頭都不用，菲菲就知道那隻陰險的大胡蜂回來了，身後還有一大片振翼的聲音，「我看妳也不必抵抗了，就讓咱們直接接收這裡吧！」

　　「至於妳呢⋯⋯」那隻大胡蜂欲言又止。

　　顧不得泡水的翅膀還沒風乾，也不管滿臉鼻涕淚水，菲菲用盡全部力氣，突破包圍，往外飛去！

　　再晚一秒就來不及了！菲菲一頭鑽入最先發現的蜂巢，「救命啊！救命啊！求求妳們一定要收留我！」她苦苦哀求。

　　原先正忙碌工作的蜜蜂先是覺得哀求的聲音非常耳熟，仔細一看，發現來者竟是超完美主義的菲菲！

　　同一時刻，菲菲也認出周遭盡是之前共同工作的伙伴，看著大家十分為難、被陰霾籠罩的臉龐，她不好意思的低下了頭──大夥肯定想到被自己精神折磨的那段時光。

　　話雖如此，她們還是接納了菲菲，菲菲也在短暫休息後加入工作行列。一切看來依舊如昔，但情況有了些許改變……

　　菲菲第一次發現，原來和大家併肩工作是件如此愉快的事！

她開始懂得欣賞搭蓋巢室時，有人習慣從左邊開始、有的從右方動工；有人蓋得厚實一些、有的蓋得較為薄弱；有些格局方正、有些卻歪歪斜斜……最重要的是，每個蜂室都連接得天衣無縫，形成美麗無比的新家！

當然，其中有一、兩隻菜鳥工蜂讓菲菲幾乎看不下去；但她都努力忍住那股想批評別人的欲望。如果真的看不順眼，她會默默的幫助她們，讓對方心甘情願接納自己溫和的善意。

　　新蜂巢終於大功告成，工蜂們彼此抵碰觸角，傳遞由王后那兒發送的祝賀「費洛蒙」，也就是她專屬的簡訊啦！

　　菲菲終於發現，原來自己在這個新家，找到懂得欣賞、接納別人的「新菲菲」呢！

鼠輩的煩惱

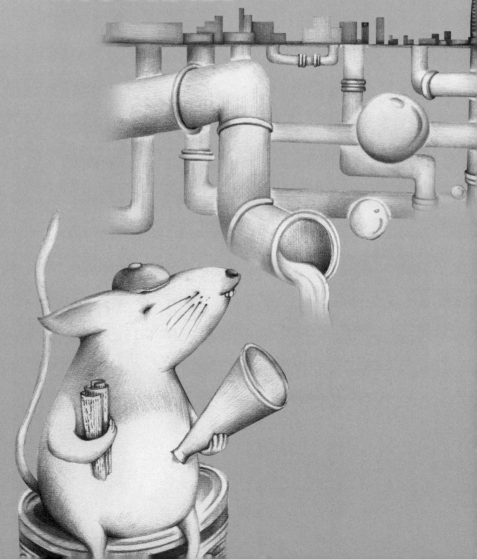

　　老鼠先生一家搬到大馬路下水道的這個角落裡居住，已經有好幾個月的時間了。

　　他們全家對新住所滿意得不得了，因為這裡地處市中心，非常熱鬧，餐廳多、廚餘多、垃圾多，幾乎每天都可以吃到各種不同口味的食物——夜深人靜、街上空蕩蕩時，老鼠先生一家九口就靠著廢棄水管，自由自在的爬進爬出，隨時從地面「補給」他們想吃的各種食物。

　　再來談談下水道裡的設備吧！暗暗的下水道裡，布滿大大小小、錯綜複雜的管線，這些新穎建設可是老鼠家族五星級的家居配備呢！

有一條年久失修的水管，每天晚上9點左右會流出溫溫熱熱的洗澡水，還附帶五彩繽紛的泡沫呢！這就成了老鼠姊妹們免費的SPA澡間，大家都洗得香噴噴、水噹噹，皮膚說有多好就有多好！

聰明的老鼠大哥則偷接電線，讓全家可以享受各種高檔家電，液晶電視、筆記型電腦、環繞音響、對開雙門冰箱……更別說電話線有多好用了！打到國外親友家聊個半天，也完全不必擔心費用。

咦，老鼠媽媽爬到屋頂做啥？胖嘟嘟的她還把肚皮貼著劇烈跳動的天花板呢！原來，維修工人出現在馬路上，他們拿著電鑽「達達達」的對著地面開挖，成了她免費又有效的「美腹寶」！只見她心滿意足的閉上眼幻想：這樣振動個幾分鐘，明天腰圍肯定能縮小一點……

　　此種「要什麼有什麼」的生活，真是無從挑剔。老鼠一家除了感謝耶穌基督、真主阿拉、佛祖釋迦牟尼外，更感謝追逐高物質生活的人類，讓他們家的享受也不斷升級！

　　直到某天，路面上執勤的工程人員在打開下水道鐵蓋、修好裡面的某條管線後，一時粗心，沒有將鐵蓋蓋妥就離去。一邊微微翹起的大鐵蓋在車輪壓過時，就會發出一次「匡噹」的聲音。這斷斷續續的「匡噹」聲，在原本就充滿各種噪音的路面上，可能不算什麼；但對於定居在安靜下水道的老鼠一家來說卻形同打雷，讓人膽戰心驚！

　　善於適應各種環境的他們原本還試圖配合「匡噹」聲，改變生活作息。例如在飯桌上聊天時，如果聽到

「匡」，大家就會自動閉嘴，直到「噹」聲也過去了，再重新開始話題；看綜藝節目時，如果不想錯過主持人說的冷笑話，得事先把電視音量調高。

但時日一久，大家不禁抱怨起來——那「匡噹」聲也太大了吧！尤其白天時刻，他們一家都在吃不完的食物、洗不完的泡泡澡、打不完的電玩等美夢中沉睡時，因為人類正在頻繁活動，不斷響起又毫無規則的「匡噹」聲一再吵醒大家，尤其是上、下班的尖峰時間更令人幾近抓狂！

「我已經很久沒睡過一場好覺了……」老鼠小妹臉上掛著兩個大「黑輪」，哀怨

的說。

　　向來走智慧、冷靜路線的老鼠大哥也發起牢騷，「今年不是鼠年嗎？人類不時把我們掛在嘴邊，但為什麼沒有人把我們的權益放在心上？」

　　「這、呵～這樣下去不行，大家快一起想想辦……呵～辦法！」呵欠不斷的老鼠爸爸努力打起精神，把眼神同樣渙散的一家都找來開會。

　　老鼠二哥沉吟了一會兒，提出建議，「我們可以在白天時，去馬路上的鐵蓋旁拉白布條抗議，爭取『鼠權』……」不等他說完，大家都搖頭──大白天的，一群老鼠出現在大馬路上，人們會怎麼反應呢？恐怕還沒正式表達意見，大家就得躲棍子、四處逃命，正所謂「過街老鼠，人人喊打」嘛！

　　「這樣好了，我們寫電子郵件到市民信箱投訴，說我們是住在附近的居民，被鐵蓋聲吵得受不了，請他們派員來改善現況。」老鼠大姊沉穩的說。其他成員點點頭，採用這個不錯的意見。

　　一天過去了、兩天過去了、好幾天過去了，市政府答覆說會盡快派員來檢修，他們卻連個掀動鐵蓋的人影都沒瞧見。

　　老鼠媽媽再度把大家召集起來，集思廣益，「這樣還是不行，等到他們來時，我們大概都得精神衰弱症了。」

　　「這樣好了，雖然有點缺德，但我們乾脆把鐵蓋拉得更開一點，最好變成坑洞，只要有摩托車騎士或路人因此而摔倒，他們應該就會注意到鐵蓋沒蓋好，大發慈

悲的把它恢復原狀！」老鼠二姊鼓起勇氣，小聲說道。

這個作法雖有爭議，但看在也許可以解決當前問題的分上，倒也值得一試。問題是，無論他們怎麼使盡吃奶力氣，鐵蓋依然動都沒動一下！

於是，老鼠一家子的第三次會議又召開了。

「不然這樣吧！我們在地面上寫一句讓人看了會忍不住去挪鐵蓋的話，或許僅是移動這麼一下，鐵蓋就會被蓋回去。」老鼠三姊的意見被其他成員欣然接受。

結果，雖然地面寫著「蓋子下有黃金」，但鐵蓋仍在馬路上躺了三天，路人不是匆匆走過就是會心一笑，最大、最大的動作，也不過是用手機拍了一張照片，放在網路上流傳罷了。

老鼠一家氣餒極了，原來和人類溝通是這麼困難的

事！每個成員都在心裡盤算著：這下得搬家了，真捨不得這個又舒服、又高級的安樂窩……

在無奈的氣氛中，一道精力充沛的聲音響起，「雖然以前的嘗試都失敗了，我們還是可以歸納一下其中有用的部分！」老鼠小弟緩緩分析：「首先，我們不能現身，要讓人類覺得『把鐵蓋蓋回去』是因為他們自己的需要；其次，利用人類『貪心』的弱點是對的，不然也不會有人拍了『蓋子下面有黃金』的照片去散布，只是我們用『黃金』這個字眼容易引起誤會，想打開的人怕被捉弄，看到綽號為『黃金』之類的東西……」

他大膽做出結論，「所以我們這次要用真鈔、現金，讓看到的人類不想動它也難！」

這番話好像有些道理，老鼠小妹立刻被指派潛入馬

路上的美式餐廳，從店內收銀機偷來一張大鈔；老鼠小弟則負責布置場地，趁沒人時把鈔票擺在鐵蓋下，並露出一小截。

大家都在鐵蓋下專心的看著，等待哪位貪婪的「善心」人士拿走鈔票，順道為他們解決幾個星期以來的「心腹大患」！

結果，鈔票被抽走時鐵蓋晃動一下——可惜，也只是晃動一下而已。但大家都覺得這個方法對了，只要下次準備更多鈔票，把它卡得更裡面一點、塞得更緊一點，肯定就會成功！

更多的鈔票對老鼠一家而言當然不是問題，可憐的是附近各家餐廳，壓根不清楚打劫收銀機的，竟是真的「小」偷！

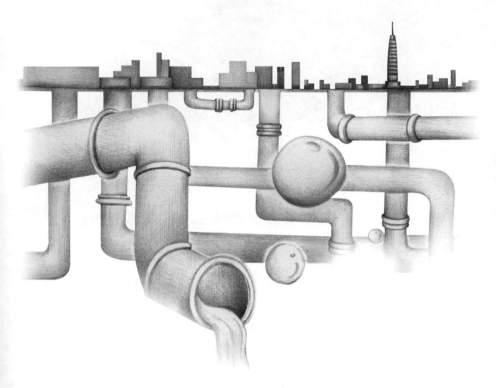

　　整把白花花的大鈔在光天化日下，露出一小截在鐵

蓋外，果然引起路人注意；但讓老鼠一家焦急的是，這

次看到鈔票的不只一人，而是好幾個！大家你望我、我

望你，眼神透露想把現金據為己有，卻害怕引起公憤的

矛盾情緒。後來有人尷尬的說，乾脆報警好了，周遭民眾也點頭附和。

因為數目不小，加上離奇的卡在下水道口，幾位民眾懷疑這是一筆不義之財，趕緊打電話報警。警察很快來到現場，小心翼翼的圍起封鎖線，再聯絡工務單位打開鐵蓋，讓他們好好檢查一番。這一檢查，又用掉整個下午，讓老鼠家族著急死了！

終於、終於，在太陽沉入地平線的那一刻，任務完畢的警察和工務員在離開時，稍微留意了一下，把鐵蓋給蓋好啦！謝天謝地，老鼠一家子這下總算可以睡個好覺了！

流浪狗兄的休業式

　　咳，各位同學，安靜！

　　咳咳，再說一次，安靜！

　　校長在這裡喊得喉嚨都快破了，卻不知道坐在台下的你們，到底有多少人聽進去？我知道大家都有講不完的話，尤其現在快要放寒假、不用上學了，開始計畫和朋友到處玩的同學們，心情一定很興奮，甚至恨不得長出翅膀、馬上飛出這裡！

　　但同學們卻不知道，看到你們離開學校、重返街頭，師長們的心中有多少擔心和害怕！

　　沒錯！大家早已發現流浪並不美好；因為我

們不再是數萬年前勇猛善獵的狼，所在之處也已經不是那廣闊的森林或草原。

歷史課本告訴我們，人類一手創造狗族的命運——為了他們狩獵、放牧或安全目的，就自私的從野外狼群中，豢養出我們的祖先。當他們不需要了，又毫不遲疑的棄之不顧；經過無數代的命運轉折與顛沛流離，才慢慢繁衍出今日流浪街頭的我們！

但矛盾又無奈的事實是，我們不能仇恨人類；相反的，除了每天每天，要順從在他們腳邊撒嬌，以尋求三餐溫飽外，大家也要謹記於心，在校園學到的所有知識與技能，無不是為了要讓大家成功的重新回到人類身邊，也就是找到一個真心愛你們的新主人！

現在，讓我們在心中默想：這個學期中，大家為何

群聚此處，又學會了什麼？

　　首先，不管環境多麼骯髒混亂，我們仍要盡全力，時時刻刻保持自身乾淨整齊、光鮮亮麗，隨時給不期而遇的人類美好的第一印象。早上醒來後記得要洗臉，並常常檢查自己有沒有口臭；想辦法至少兩個星期洗一次澡；還有，雖然被身上的跳蚤咬得發癢，也千萬要忍耐，不可以在大庭廣眾下抬起後腳放肆的抓癢。

　　其次，雖然很難，但仍得讓自己看起來像隻健康、身上沒有傳染病的流浪狗！大家要知道，雖然夜市、路邊攤和垃圾堆是最容易找到食物的地方，但卻也是最可能傳播病媒、讓我們生病的場所。在這些地方討生活前，你們得先三思：雖然能夠吃得飽且吃得好，但萬一得了傳染病，流浪之路只會更加坎坷，因為人類若看到

生病的你，鐵定會尖叫著用力驅趕！

　　還有，老師辛辛苦苦教給你們的那些對著人類搖尾巴、用後腳站立、不斷眨眼睛等招式，是不是都已經練習得收放自如、滾瓜爛熟了？不要害怕表現自己，一定得讓人類看到你可愛的模樣；就算是裝出來的，也多少可以增加成功重返人類身邊的機會！

　　懂得把握機會也很重要。如果路過的人類看到你，眼神中閃過了一點什麼東西，或者走過去後，又回頭看你一眼，就算你那時再忙、再累，也要縱身躍起──因為這一眼，可能就是你生命中鹹魚翻身的唯一機會喔！

　　請集中你畢生所能發出的最強電波，從眼中直直射向他的瞳眸，一邊祈禱這正通往他的內心深處！而且，耐心的跟著他走一段路，就算幾公里也不算什麼，只要

能走進新主人的家，再累也值得！你們一位學長的最高紀錄，是跟著摩托車賣力的跑了十公里，從台北市追到台北縣；上次他回來看校長時，還說那個新主人對他好得不得了呢！

但是，苦肉計也要運用得當。不曉得是你們當中的哪一位，上次竟然誤闖高速公路的分隔島！我也不知道這位同學是怎麼進去的，他還以為自己這樣做可以吸引目光，引起人們的同情心，卻不曉得這只是個很危險且愚昧的舉動——因為他就算沒被撞死，也會被活活餓昏！

你們或歷屆學長姊做過的蠢事，數都數不完呢！像為了喝到一丁點髒水，笨到鑽進根本退不出來的水管內，那時就算用再快、再魔鬼的減重法也來不及啦！因

為這種事出糗還是其次，要是一直沒人發現趕來救你，連糗也沒得出，就只能白白斷送性命啦！

笑？還笑！這些都是剛發生不久的事情，有些還出自本校的高材生呢！

最後，校長要在這裡做幾點寒假開始前的提醒：

1.天氣愈來愈冷，若想在商店門口的長毛踏墊上睡覺的話，也得小心不要擋到客人的路。

2.就算牙齦再癢，也不可以打放在門口的球鞋或拖鞋的主意，萬一被人類拿棍子報復，可是很痛的！

3.雖然大家和人類一樣有交朋友的需要，但也不能常常成群結隊在街上或公園遊蕩，那會被誤認為是流氓。

4.不要在三更半夜扯著嗓子嚎叫，人類多半不了解

那是因為你在深夜裡，容易聽到許多他們聽不見的高頻
率聲音。

　　5.不可以動不動就和貓吵架，大家要知道，只要對
方一擺出無辜表情給人類看，吃虧的肯定是我們！

　　6.就算是出於善意，也不要去逗弄人類的小朋友。
對身高和你差不多的兒童來說，每隻狗都是不折不扣的
猛獸！

　　7.即使你再想，也要憋住心裡那股在路邊車子輪胎
上撒尿的衝動。

　　8.過馬路前，要看清楚紅綠燈和左右來車，以避免
危險。

＊　　＊　　＊

　　這些都是老師們一再教導的規矩，希望大家都能學以致用。

　　記住，我們不是一所鼓勵升學的學校；相反的，假期過後，校長希望再回本校的學生愈少愈少──因為那代表你們都有了美好歸宿，也意味著我們的教學非常成功！

　　校長最後再補充一點，世風日下，近來出現了一種怪怪的人類，以捉弄或傷害我們為樂，大家千千萬萬要注意。可怕的是，還找不到分辨這種惡人的方法及線索，所以校長只能在這裡苦口婆心的提醒你們，小心再小心！

　　說到這兒，課堂裡教過的各種捕狗隊制服，你們是不是都記熟了？要是被抓到收容中心，除了少數幸運兒有人認養外，通常都沒什麼好下場！所以只要看到穿那些制服的，大家能跑多遠就跑多遠！

　　校長還要再補充一點，如果有人類一時心血來潮，要你用嘴巴銜回他丟出去的飛盤或球，即便再不願意，也要耐著性子快快去做——記住，還要裝作玩得很高興的樣子！

　　最後，祝福每位同學在寒假當中都有很豐盛的收穫！至少，也要平安的回來參加下學期的開學典禮，這是校長的心願，也是所有老師們的最後叮嚀！

　　校長致詞就到此，祝福大家寒假快樂。禮成！

無尾熊的
寒假作戰計畫

　　某市動物園內無尾熊館的參觀人數，已經連續三個月都直直往下滑。曾經擠得水洩不通的玻璃牆外，現在只剩一些零零落落的遊客。

　　園方的管理階層為此非常頭痛；因為光是進口專門伺候這些無尾熊的指定品種油加利樹葉，就花了好多、好多錢，更不要說館內仿無尾熊原棲息地的溫、溼度調節設備，及清理排泄物等人工花費。若有人來看，政府補助經費的用途還說得過去；但現在沒人要看了，恐怕很快就會被市議員盯上，破口大罵他們浪費納稅人的血汗錢。

　　無尾熊館的老大「大尾」也發現了「老闆」

們的苦惱，為此特地把館中幾個伙伴都找來開會。

　　「大家想點兒辦法吧！」說明情形後，大尾詢問眾「同居人」。

　　阿寶皺眉，「有什麼辦法可想？我們生來就只會睡覺啊！」

　　「我們什麼把戲都不會耍。既不會游泳，挖洞更不用說，甚至連滾泥漿也不擅長。」毛毛附和。

　　「不然……我們想辦法生一隻小無尾熊出來吧？我看隔壁再隔壁的企鵝館裡，那群國王企鵝也是什麼都不會，但動不動就用『生小企鵝』來搏版面，好像還滿有效的！」灰點想了想，又自言自語的說：「可是我們之間連一丁點火花都沒有，要怎麼生出小無尾熊呢？」

　　阿寶也歎了口氣，「唉～還好那隻中國熊貓沒來，

不然我們可能會更慘！」

「看來這個寒假我們會『涼颼颼』哦——」毛毛搖搖頭。

「不行，趁寒假快來臨、遊客也跟著變多，大家快想想辦法，重振我們無尾熊館的名聲！」這時大尾突然想起，有個同伴一直縮在角落，到現在都沒有發言。「小黑，既然你睡不著覺，快說說看，有什麼好辦法？」

頂著黑眼圈、精神萎靡，躲在一旁發呆的小黑抬起頭，先是無辜的看著大家，接著小心翼翼的說：「可是，這到底關我們什麼事呢？我們沒想到、也不是自願被帶到這裡來啊！」

小黑一直是無尾熊館裡最適應不良的。儘管這裡有

吃有喝、乾淨舒適，沒有天災、沒有競爭，更沒有天敵，但他就是不習慣！尤其、尤其，他最大的痛苦來自於一發現有人在看他，他就睡不著覺。所以自從進入這座動物園以來，他就沒睡過一次好覺！為此伙伴們也貢獻過許多良策：運動、數羊、戴眼罩、冥想等，但小黑睡不著就是睡不著！

有人再度建議他，「那你可以趁晚上閉館時睡覺啊！」

「不行，一想到很快就會天亮，且又有人要來，我就害怕得睡不著覺……」小黑苦惱的回應。

嚴重失眠的小黑，還曾經在一群對著他指指點點的遊客面前，一時恍神伸出應該抱住樹幹的雙手來揉眼睛，而從樹上倏地倒栽蔥摔下來，不但撞傷額頭，還腫

了一個大包！參觀的遊客都當他是睡太熟、一時失手，還直稱讚他可愛——誰曉得小黑正遭受多大的痛苦呢！

「你就幻想還在老家茂密的叢林裡嘛！微風吹啊吹的，多舒服呀！搞不好這樣一來，你就能睡著了。」這是伙伴最後給他的建議。

但小黑低聲抗議著，「為什麼要這樣『幻想』呢？我們本來就屬於那裡啊！」

眾無尾熊看著小黑不肯接受大家的建言，也只能摸摸鼻子掉頭離去，放任小黑身處「失眠地獄」。

大尾看小黑再度發著呆，似乎陷入過去回憶，一時不可能提出什麼好建議，就轉向其他同伴詢問意見。大家又開始認真的討論著，絞盡腦汁希望「擠」出一些好辦法。

最後，他們決定的「寒假作戰計畫」是：

1.請阿寶和毛毛喬裝成一對情侶，每天定時出現在遊客面前。所謂的喬裝，就是睡覺時窩在一起，醒來時交頭接耳、耳鬢廝磨；如此一來，動物園管理人員必定會以為無尾熊情侶誕生，而向媒體放出風聲，甚至要大家靜候無尾熊寶寶的來臨！

2.根據調查，除了生小寶寶外，遊客最期待看到園內動物可愛天真的模樣。因此他們達成協議，每天指派不同伙伴輪流當「鬧鐘」，定時叫醒所有人起床伸懶腰、打哈欠還有抓癢。

3.為引誘遊客努力按快門，每隻無尾熊都要勤練「擺姿勢」的技巧，讓遊客邊大喊「可愛」邊瘋狂拍照；有時他們還要散播飛吻呢！

*　　*　　*

這套作戰計畫出乎意料的成功，無尾熊館順利奪回
參觀人數冠軍寶座，把第二名的企鵝館遠遠踢到後面，
還為動物園吸進無數人潮。

無尾熊的貼紙、鑰匙圈、文具用品又大大流行起
來；動物園外攤販擺售的，也都是一隻又一隻各種姿態
的無尾熊；捷運車廂上重新漆上了無尾熊的圖案；夜晚
商業大樓外層的燈牆，更是輝煌的閃著「KOALA」字
樣；人們已經不再談論F4，取而代之的是「K5」：大
尾、毛毛、阿寶、灰點和小黑！

但可憐的小黑還是睡不著，而且經過這陣子戰鬥般
的折騰，他簡直虛弱得快病了。不得已之下，園方人員

只好申請專機送小黑回老家休養。

　　為了不引起全國人民騷動，這件事情只能祕密且快速進行。知道好消息的小黑，也只來得及和其他無尾熊匆忙揮手「拜拜」，就被園方送進特製貨櫃離開了。

　　目送著小黑離去，阿寶歎口氣說，「唉，這小子就是腦子太直，轉不過來。」

　　「對啊，我才不想回去！在這裡不愁吃、不愁穿，一點煩惱都沒有，簡直就是神仙過的生活嘛！」毛毛說。

「對呀、對呀！到哪去找這麼輕鬆快樂的日子？我也不想回去！」灰點附和。

「希望小黑回去之後，趕快換幾個認真點的伙伴過來。寒假人潮湧入，需要多點無尾熊輪班，否則大家負責當鬧鐘的時間愈來愈密，要拍照的人愈來愈多，恐怕我們連睡覺的時間都沒有了！」大尾邊點頭贊成，邊在內心開始計畫著下一次的「作戰計畫」……

故事還沒有
結束……

小抹香鯨的回信

親愛的冠毅：

　　我記得你。因為你穿著學校制服還有球鞋，混在海灘上穿著輕便的遊客裡，讓我第一眼就覺得你與眾不同。

　　希望你仍然平安，也希望你能盡快收到這封信。水母小姐剛剛把你的瓶中信交給我，我才了解你的事；但是距離我擱淺的那天，也已經過了兩、三個禮拜……你好嗎？爸爸呢？

　　我首先要謝謝你，那天也出了一份力，幫我回到大海。接著，我要向你說聲抱歉，我想我的擱淺，對你做了很不好的示範。

　　鯨魚擱淺的確很容易造成死亡，但擱淺的原因有很

多種。老實說，我並不認同別的動物（就像你父親），

可以將這些原因視為傷害自己、甚至自殺的理由。你知

道嗎？年老或身染重病的鯨魚會在生命將結束時，故意

於岸邊擱淺，默默等待生命告結，這是一種自然的輪

迴。但你的父親既不年老也沒有生病，還得撫養你這樣

年幼的孩子，沒有理由提早結束生命。

　　還有一些鯨魚同伴是因為被其他生物追捕，或海洋

中的汙染物質，把慌張無助的他們逼到淺灘，沒有辦法

「倒車」游回大海。這些擱淺原因並非出於我們自願，

若因此就說鯨魚是盲目或一窩蜂的自殺，那是某些人類

把自己想像的答案硬扣在我們頭上！

　　據我所知，還有一些鯨魚同伴更無辜，他們根本是被過去的記憶給誤導了。事情是這樣的，距今很久的古老時代，我們的祖先是住在陸地上；在演化成現今的「鯨魚」過程中，曾有某個時期，他們是海陸兩棲──也就是說，雖然他們大部分時間都住在海裡，但在危急時，祖先們仍可回岸上生活一段時間。

　　這種已不管用的古老反應，仍儲存在某些鯨魚伙伴的腦海裡，使得早就不能於岸上存活的他們在危急時，依然靠著直覺「回到」岸上避難，因此造成擱淺。

　　這樣看來，我們鯨魚雖是有智慧的動物，但真是聰明反被聰明誤啊！

　　人類比我們更聰明，但有些自暴自棄的人卻讓自己

沉溺在過去的傷痛，永遠也上不了岸……你說這樣是不是太可惜了呢？

講到我擱淺的原因，其實也不大光彩，因為我是眼看「絕路」在前面，卻又傻頭傻腦的硬衝上去。有些鯨魚（包括我在內）是靠著身體感應地球磁場而決定游動方向，也就是說，我們可以靠感應到的磁性來判斷南北方向。但地球的磁場有時卻被太陽或其他因素影響，而產生一些誤差，我們的方向感也因此錯亂，發生「明知陸在前，偏往陸上游」的糗事。你那天看到我的狼狽模樣，就是源自於此。

說來不怕你笑我，其實我還回到岸上第三和第四次，只是後來我「懸崖勒馬」，及時煞車往回游，才沒

讓自己「愈陷愈深、難以自拔」。所以，太相信自己的能力是不行的。有時你以為很有把握的事，結果卻造成災難——你爸爸可能覺得他帶你一起走的決定是很勇敢的，但這根本大錯特錯！

　　大人不一定都是對的，你要大聲的對爸爸說你不要死，也不想死，請他一定要努力振作，重新開始。而且，他不能替你決定你的未來！

　　如果爸爸不理會，你就乘機向學校老師、鄰居親友、警察伯伯或社工人員求助，告訴這些大人，爸爸想自殺的事。你絕對不可以放棄，一定會有人幫助你的，就像那些幫我回到海裡的人一樣。

　　加油，冠毅！跟你爸爸說，不管是陸地或海洋，到

哪裡都是生存的戰場；即使活著是一場艱苦的戰役，但一定有支持大家戰鬥下去的理由！冠毅，這個理由你得自行在漫長的人生中努力尋找。

　　我也擔心你，並時時掛記著你。我努力祈禱，願現在及未來的你一切安好。

　　　　　　　　　　　　　　　　你的朋友小抹香鯨

　　太好了。我就知道小抹香鯨先生會回信給我。我早就說過，我可以和動物溝通。你看，是真的吧！而且，動物有時候比人類更可愛，不是嗎？

　　不知道是不是我的關係啦！總之，我後來常鼓起勇氣去和我爸東拉西扯，不管他有沒有在聽，我就自顧自講我的沒完沒了的動物故事。不知不覺間，就把小抹香鯨先生的事給說了出來。誰知道他聽完竟然痛哭了兩、三個小時，哭得跟個小嬰兒沒兩樣，簡直拿他一點辦法

也沒有。第二天一早，他居然精神抖擻地去報名職業訓
練了。

爸爸跟我說，這一陣子可能會比較辛苦，等到找到
穩定的工作，貸款買一些設備，他可以再兼差，到時候
生活就會好過一些了。

等爸爸有空，我要請他再帶我去海邊。我要告訴小
抹香鯨先生這些好消息。還有，還有更好的——在高雄
打工的媽媽最近有打電話回來。我覺得，媽媽很可能要
回家了。

這些，都要歸功於我和小抹香鯨先生的意外相遇
呢！不是嗎？嘿嘿！

寫一封信給喜歡的動物吧！

親愛的

國家圖書館出版品預行編目資料

動物狂想曲／賴小禾著；賊子繪 -- 初版.
　　-- 台北市： 幼獅, 2010.05
　　面； 公分. --（多寶槅）

　　ISBN 978-957-574-770-1（平裝）

859.6　　　　　　　　　　99004162

多寶槅159◎文藝抽屜

動物狂想曲

作　　者＝賴小禾
繪　　者＝賊　子
出 版 者＝幼獅文化事業股份有限公司
發 行 人＝李鍾桂
總 經 理＝王華金
總 編 輯＝劉淑華
副總編輯＝林碧琪
主　　編＝林泊瑜
美術編輯＝李祥銘
總 公 司＝10045台北市重慶南路1段66-1號3樓
電　　話＝(02)2311-2836
傳　　真＝(02)2311-5368
郵政劃撥＝00033368

印　　刷＝崇寶彩藝印刷股份有限公司
定　　價＝220元
港　　幣＝73元
初　　版＝2010.05
二　　刷＝2017.04
書　　號＝984135

幼獅樂讀網
http://www.youth.com.tw
e-mail:customer@youth.com.tw
幼獅購物網
http://shopping.youth.com.tw

行政院新聞局核准登記證局版台業字第0143號

基本資料

姓名：...先生／小姐

婚姻狀況：□已婚 □未婚　職業：□學生 □公教 □上班族 □家管 □其他

出生：民國.........................年.........................月.........................日

電話：（公）.........................（宅）.........................（手機）.........................

e-mail：...

聯絡地址：...

1.您所購買的書名： **動物狂想曲**

2.您通常以何種方式購書？：□1.書店買書 □2.網路購書 □3.傳真訂購 □4.郵局劃撥
　　　　　（可複選）　　□5.幼獅門市 □6.團體訂購 □7.其他

3.您是否曾買過幼獅其他出版品：□是，□1.圖書 □2.幼獅文藝 □3.幼獅少年
　　　　　　　　　　　　　　　□否

4.您從何處得知本書訊息：□1.師長介紹 □2.朋友介紹 □3.幼獅少年雜誌
　　　　　（可複選）　　□4.幼獅文藝雜誌 □5.報章雜誌書評介紹.........................報
　　　　　　　　　　　　□6.DM傳單、海報 □7.書店 □8.廣播(　　　　　　　　)
　　　　　　　　　　　　□9.電子報、edm □10.其他.........................

5.您喜歡本書的原因：□1.作者 □2.書名 □3.內容 □4.封面設計 □5.其他

6.您不喜歡本書的原因：□1.作者 □2.書名 □3.內容 □4.封面設計 □5.其他

7.您希望得知的出版訊息：□1.青少年讀物 □2.兒童讀物 □3.親子叢書
　　　　　　　　　　　　□4.教師充電系列 □5.其他

8.您覺得本書的價格：□1.偏高 □2.合理 □3.偏低

9.讀完本書後您覺得：□1.很有收穫 □2.有收穫 □3.收穫不多 □4.沒收穫

10.敬請推薦親友，共同加入我們的閱讀計畫，我們將適時寄送相關書訊，以豐富書香與心
　　靈的空間：
(1)姓名.........................e-mail.........................電話.........................
(2)姓名.........................e-mail.........................電話.........................
(3)姓名.........................e-mail.........................電話.........................

11.您對本書或本公司的建議：

10045　台北市重慶南路一段66-1號3樓

幼獅文化事業股份有限公司

··

請沿虛線對折寄回

客服專線：02-23112836分機208　傳真：02-23115368

e-mail：customer@youth.com.tw

幼獅樂讀網http：//www.youth.com.tw